La guerra de los mundos

H. G. Wells

La guerra de los mundos

Nueva traducción al español
traducido del inglés por Guillermo Tirelli

ROSETTA EDU

Título original: *The War of the Worlds*

Primera publicación: 1898

Primera edición: Marzo 2022

Publicado por Rosetta Edu
Londres, Marzo 2022
www.rosettaedu.com

ISBN: 978-1-83647-083-0

CLÁSICOS EN ESPAÑOL

Rosetta Edu presenta en esta colección libros clásicos de la literatura universal en nuevas traducciones al español, con un lenguaje actual, comprensible y fiel al original.

Las ediciones consisten en textos íntegros y las traducciones prestan especial atención al vocabulario, dado que es el mismo contenido que ofrecemos en nuestras célebres ediciones bilingües utilizadas por estudiantes avanzados de lengua extranjera o de literatura moderna.

Acompañando la calidad del texto, los libros están impresos sobre papel de calidad, en formato de bolsillo o tapa dura, y con letra legible y de buen tamaño para dar un acceso más amplio a estas obras.

Rosetta Edu
Londres
www.rosettaedu.com

INDICE

Pero, ¿quién vivirá en estos mundos si están habitados?
... ¿Somos nosotros o ellos los Señores del Mundo? ...
¿Y cómo es que están hechas todas las cosas para el hombre?

KEPLER (citado en *La anatomía de la melancolía*)

LIBRO UNO – LA LLEGADA DE LOS MARCIANOS

I – LA VÍSPERA DE LA GUERRA

Nadie habría creído en los últimos años del siglo XIX que este mundo estaba siendo observado aguda y estrechamente por inteligencias más grandes que la del hombre y, sin embargo, tan mortales como la suya propia; que mientras los hombres se ocupaban de sus diversas preocupaciones eran escrutados y estudiados, quizás casi tan estrechamente como un hombre con un microscopio podría escudriñar las criaturas transitorias que pululan y se multiplican en una gota de agua. Con infinita complacencia los hombres iban de un lado a otro de este globo sobre sus pequeños asuntos, serenos en la seguridad de su imperio sobre la materia. Es posible que los infusorios bajo el microscopio hagan lo mismo. Nadie pensó en los mundos más antiguos del espacio como fuentes de peligro para el hombre, o pensó en ellos sólo para descartar la idea de vida en ellos como imposible o improbable. Es curioso recordar algunos de los hábitos mentales de aquellos días pasados. A lo sumo, los hombres, en la Tierra, pensaban que podría haber otros hombres en Marte, tal vez inferiores a ellos y dispuestos a acoger una empresa misionera. Sin embargo, al otro lado del golfo del espacio, mentes que son a nuestras mentes como las nuestras a las de las bestias que perecen, intelectos vastos y fríos e insolidarios, miraban a esta tierra con ojos envidiosos, y lenta y seguramente trazaban sus planes contra nosotros. Y a principios del siglo XX llegó la gran desilusión.

El planeta Marte, apenas necesito recordar al lector, gira alrededor del sol a una distancia media de 140.000.000 de millas, y la luz y el calor que recibe del sol es apenas la mitad de la que recibe este mundo. Debe ser, si la hipótesis nebular tiene algo de cierto, más antiguo que nuestro mundo; y mucho antes de que esta tierra dejara de estar líquida, la vida en su superficie debe haber comenzado su curso. El hecho de que apenas sea una séptima parte del volumen de la Tierra debe haber acelerado su enfriamiento hasta la temperatura en la que la vida pudo comenzar. Tiene aire y agua y todo lo necesario para el mantenimiento de la existencia animada.

Sin embargo, el hombre es tan vano y está tan cegado por su vanidad, que ningún escritor, hasta finales del siglo XIX, expresó la idea de que la vida inteligente pudiera haberse desarrollado allí de una manera notable, o incluso más allá de su nivel terrestre. Tampoco se comprendió en general que, dado que Marte es más antiguo que nuestra Tierra, con apenas una cuarta parte de la superficie y más alejado del sol, se deduce necesariamente que no sólo está más alejado desde el principio del tiempo, sino más cerca de su fin.

El enfriamiento secular que algún día se producirá en nuestro planeta ya ha llegado muy lejos en el caso de nuestro vecino. Su estado físico sigue siendo un gran misterio, pero ahora sabemos que incluso en su región ecuatorial la temperatura al mediodía apenas se aproxima a la de nuestro invierno más frío. Su aire está mucho más atenuado que el nuestro, sus océanos se han encogido hasta no cubrir más que un tercio de su superficie, y a medida que cambian sus lentas estaciones se acumulan y derriten enormes capas de nieve alrededor de ambos polos y periódicamente inundan sus zonas templadas. Esa última etapa de agotamiento, que para nosotros se encuentra aún increíblemente remota, se ha convertido en un problema actual para los habitantes de Marte. La presión inmediata de la necesidad ha iluminado sus intelectos, ampliado sus poderes y endurecido sus corazones. Y mirando a través del espacio con instrumentos e inteligencias como las que apenas hemos soñado, ven, a su distancia más cercana, sólo 35.000.000 de millas hacia el sol, una estrella matutina de esperanza, nuestro propio planeta más cálido, verde de vegetación y gris de agua, con una atmósfera nublada elocuente de fecundidad, con vislumbres a través de sus volutas de nubes a la deriva de amplias extensiones de países poblados y mares estrechos y atestados de barcos.

Y nosotros, los humanos, las criaturas que habitamos esta tierra, debemos ser para ellos al menos tan extraños y humildes como lo son los monos y los lémures para nosotros. El lado intelectual del ser humano ya admite que la vida es una lucha incesante por la existencia, y parece que ésta es también la creencia de las mentes de Marte. Su mundo está muy avanzado en su enfriamiento y este mundo está todavía lleno de vida, pero lleno sólo de lo que ellos consideran animales inferiores. Llevar la guerra hacia delante es, de hecho, su único escape de la destrucción que, generación tras generación, se cierne sobre ellos.

Y antes de juzgarlos con demasiada dureza, debemos recordar la destrucción despiadada y total que nuestra propia especie ha provocado, no sólo en animales, como el desaparecido bisonte y el dodo, sino en sus razas inferiores. Los tasmanos, a pesar de su apariencia humana, fueron barridos por completo de la existencia en una guerra de exterminio emprendida por los inmigrantes europeos en el espacio de cincuenta años. ¿Somos realmente apóstoles de la misericordia como para quejarnos si los marcianos nos hacen la guerra con el mismo espíritu?

Los marcianos parecen haber calculado su descenso con una sutileza asombrosa —su conocimiento matemático es evidentemente muy superior al nuestro— y haber llevado a cabo sus preparativos con una unanimidad casi perfecta. Si nuestros instrumentos lo hubieran permitido, habríamos podido ver el problema que se estaba gestando en el siglo XIX. Científicos como Schiaparelli observaron el planeta rojo —es curioso, por cierto, que durante incontables siglos Marte haya sido la estrella de la guerra— pero no supieron interpretar las fluctuantes apariciones de las marcas que tan bien cartografiaron. Durante todo ese tiempo, los marcianos deben haber estado preparándose.

Durante la oposición de 1894 se vio una gran luz en la parte iluminada del disco, primero en el Observatorio Lick, luego por Perrotin, en Niza, y después por otros observadores. Los lectores ingleses oyeron hablar de ella por primera vez en el número de *Nature* del 2 de agosto. Me inclino a pensar que este resplandor puede haber sido la fundición del enorme cañón, en la vasta fosa hundida en su planeta, desde la cual se dispararon sus tiros contra nosotros. Durante las dos siguientes oposiciones se vieron marcas peculiares, todavía inexplicables, cerca del lugar de ese estallido.

La tormenta estalló sobre nosotros hace ahora seis años. Cuando Marte se acercaba a la oposición, Lavelle, de Java, hizo temblar los cables con la sorprendente noticia de un enorme brote de gas incandescente en el planeta. Había ocurrido hacia la medianoche del día doce; y el espectroscopio, al que había recurrido inmediatamente, indicaba una masa de gas en llamas, principalmente hidrógeno, que se movía con una enorme velocidad hacia la Tierra. Este chorro de fuego se había vuelto invisible hacia las doce y cuarto. Él lo comparó con una colosal ráfaga de llamas que salía súbita y violentamente del planeta, «como los gases llameantes salidos de una pistola».

Fue una frase singularmente apropiada. Sin embargo, al día siguiente no había nada de esto en los periódicos, salvo una pequeña nota en el *Daily Telegraph*, y el mundo seguía ignorando uno de los peligros más graves que jamás haya amenazado a la raza humana. Es posible que no me hubiera enterado de la erupción si no hubiera conocido a Ogilvy, el conocido astrónomo, en Ottershaw. Estaba inmensamente emocionado por la noticia, y en el exceso de sus sentimientos me invitó a subir con él esa noche para escudriñar el planeta rojo.

A pesar de todo lo que ha sucedido desde entonces, todavía recuerdo con mucha claridad aquella vigilia: el observatorio negro y silencioso, la linterna en sombra que arrojaba un débil resplandor sobre el suelo del rincón, el constante tic—tac del mecanismo del telescopio, la pequeña rendija del techo, una profundidad oblonga con el polvo de las estrellas esparcido por ella. Ogilvy se movía de un lado a otro, invisible pero audible. Mirando por el telescopio, se veía un círculo de azul intenso y el pequeño planeta redondo nadando en el campo. Parecía una cosa tan pequeña, tan brillante y pequeña y quieta, débilmente marcada con rayas transversales, y ligeramente aplanada desde la redondez perfecta. Pero era tan pequeño, tan plateado y cálido: ¡una cabeza de alfiler de luz! Era como si temblara, pero en realidad se trataba del telescopio que vibraba con la actividad del mecanismo de relojería que mantenía el planeta a la vista.

Mientras observaba, el planeta parecía crecer y reducirse y avanzar y retroceder, pero eso era simplemente que mi ojo estaba cansado. Estaba a cuarenta millones de millas de nosotros... más de cuarenta millones de millas de vacío. Pocas personas se dan cuenta de la inmensidad del vacío en el que nada el polvo del universo material.

Recuerdo que cerca de él, en el mismo campo visual, había tres débiles puntos de luz, tres estrellas telescópicas infinitamente remotas, y a su alrededor estaba la insondable oscuridad del espacio vacío. Ya sabes cómo se ve esa negrura en una noche helada de estrellas. En un telescopio parece mucho más profunda. E invisible para mí, porque era tan remota y pequeña, volando rápida y firmemente hacia mí a través de esa increíble distancia, acercándose cada minuto por tantos miles de millas, venía la Cosa que nos enviaban, la Cosa que iba a traer tanta lucha y calamidad y muerte a la Tierra. Jamás soñé con ello mientras lo observaba; nadie en la Tierra soñó con ese misil infalible.

Esa noche, también, hubo otro chorro de gas del planeta distante. Yo lo vi. Un destello rojizo en el borde, la más leve proyección de la silueta justo cuando el cronómetro marcaba la medianoche; y en ese momento se lo dije a Ogilvy y él ocupó mi lugar. La noche era cálida y yo tenía sed, y fui estirando las piernas torpemente y tanteando el terreno en la oscuridad, hasta la mesita donde estaba el sifón, mientras Ogilvy exclamaba ante la serpentina de gas que salía hacia nosotros.

Aquella noche otro misil invisible se puso en camino hacia la Tierra desde Marte, apenas un segundo o algo menos de veinticuatro horas después del primero. Recuerdo cómo me senté en la mesa, en la oscuridad, con manchas verdes y carmesí nadando ante mis ojos. Deseaba tener una luz para fumar, sin sospechar el significado del diminuto destello que había visto y todo lo que me traería en breve. Ogilvy observó hasta la una, y luego se rindió; encendimos la linterna y nos dirigimos a su casa. Abajo, en la oscuridad, estaban Ottershaw y Chertsey y todos sus cientos de personas, durmiendo en paz.

Aquella noche Ogilvy especuló mucho sobre el estado de Marte, y se burlaba de la idea vulgar de que tuviera habitantes que nos hicieran señales. Su idea era que podían estar cayendo meteoritos en una fuerte lluvia sobre el planeta, o que se estaba produciendo una enorme explosión volcánica. Me señaló lo improbable que era que la evolución orgánica hubiera tomado la misma dirección en los dos planetas adyacentes.

«La posibilidad de que haya algo parecido a un hombre en Marte es de una en un millón», dijo.

Cientos de observadores vieron la llama esa noche y la noche siguiente alrededor de la medianoche, y de nuevo la noche siguiente; y así durante diez noches, una llama cada noche. Nadie en la Tierra ha intentado explicar por qué los disparos cesaron después de la décima vez. Puede ser que los gases de los disparos causaran molestias a los marcianos. Densas nubes de humo o de polvo, visibles en la Tierra con un potente telescopio como pequeñas manchas grises y fluctuantes, se extendieron a través de la claridad de la atmósfera del planeta y oscurecieron sus rasgos más familiares.

Incluso los diarios se despertaron por fin a los disturbios, y aparecieron notas populares aquí, allá y en todas partes sobre los volcanes de Marte. El periódico serocómico *Punch*, recuerdo, hizo un feliz uso de ello en la caricatura política. Y, sin que nos diéramos cuenta, esos misiles que los marcianos habían disparado se acercaban a la Tierra, corriendo ahora a un ritmo de muchas millas por segundo a través del vacío golfo del espacio; hora tras hora y día tras día, cada vez más cerca. Ahora me parece casi increíblemente maravilloso que, con ese vertiginoso destino que se cernía sobre nosotros, los hombres pudieran dedicarse a sus insignificantes preocupaciones como lo hicieron. Recuerdo el júbilo de Markham al conseguir una nueva fotografía del planeta para el periódico ilustrado que dirigía en aquellos días. La gente de estos últimos tiempos apenas se da cuenta de la abundancia y el emprendimiento de nuestros periódicos del siglo XIX. Por mi parte, me puse a aprender a montar en bicicleta con afán y me ocupé de una serie de artículos que discutían la probable evolución de las ideas morales a medida que progresaba la civilización.

Una noche (el primer misil debía estar a apenas diez millones de millas) salí a pasear con mi mujer. Había luz de estrellas y le expliqué los signos del Zodiaco, y le señalé Marte, un punto brillante de luz que se arrastraba hacia el zenit, hacia el que apuntaban tantos telescopios. Era una noche cálida. Al volver a casa, un grupo de excursionistas de Chertsey o Isleworth pasó ante nosotros cantando y tocando música. Había luces en las ventanas superiores de las casas mientras la gente se acostaba. Desde la estación de ferrocarril, a lo lejos, llegaba el sonido de los trenes que hacían maniobras, sonando y retumbando, suavizado casi hasta convertirse en melodía por la distancia. Mi mujer me señaló el brillo de las luces de señalización rojas, verdes y amarillas que colgaban en un marco contra el cielo. Todo parecía tan seguro y tranquilo.

II – LA ESTRELLA FUGAZ

Entonces llegó la noche de la primera estrella fugaz. Fue vista temprano en la mañana, corriendo sobre Winchester hacia el este, una línea de llamas en lo alto de la atmósfera. Cientos de personas debieron verla, y la tomaron por una estrella fugaz ordinaria. Albin la describió como una estrella fugaz dejando una raya verdosa por detrás que brilló durante algunos segundos. Denning, nuestra mayor autoridad en meteoritos, declaró que la altura de su primera aparición fue de unas noventa o cien millas. Le pareció que cayó a la Tierra a unas cien millas al este de él.

Yo estaba en casa a esa hora y escribía en mi estudio; y aunque mis ventanas francesas dan a Ottershaw y la persiana estaba levantada (porque en aquellos días me encantaba mirar el cielo nocturno), no vi nada de eso. Sin embargo, la más extraña de todas las cosas que han venido a la Tierra desde el espacio exterior debe haber caído mientras yo estaba sentado allí, visible si yo tan sólo hubiera mirado hacia arriba mientras pasaba. Algunos de los que vieron su vuelo dicen que viajó con un sonido sibilante. Yo no oí nada de eso. Muchas personas de Berkshire, Surrey y Middlesex debieron ver su caída y, a lo sumo, pensado que había descendido otro meteorito. Nadie parece haberse preocupado de buscar la masa caída aquella noche.

Pero muy temprano en la mañana el pobre Ogilvy, que había visto la estrella fugaz y que estaba convencido de que un meteorito yacía en algún lugar del campo abierto entre Horsell, Ottershaw y Woking, se levantó temprano con la idea de encontrarlo. Lo encontró, poco después del amanecer, y no muy lejos de los pozos de arena. El impacto del proyectil había hecho un enorme agujero, y la arena y la grava habían sido arrojadas violentamente en todas direcciones sobre el páramo, formando montones visibles a una milla y media de distancia. El brezo ardía hacia el este, y un fino humo azul se elevaba contra el amanecer.

La Cosa yacía casi enterrada en la arena, entre las astillas dispersas de un abeto que había hecho añicos en su descenso. La parte descubierta tenía el aspecto de un enorme cilindro, cubierto y con un contorno suavizado por una gruesa incrustación escamosa de color marrón. Tenía un diámetro de unas treinta yardas. Él se acercó a la masa, sorprendido por el tamaño y más aún por la forma, ya que la mayoría de los meteoritos son más o menos redondeados. Sin embargo, todavía estaba tan caliente por su vuelo en el aire que no podía acercarse. El ruido que se producía en el interior del cilindro lo atribuyó al enfriamiento desigual de su superficie, ya que en aquel momento no se le había ocurrido que pudiera estar hueco.

Permaneció de pie al borde de la fosa que la Cosa había hecho por sí misma, mirando su extraña apariencia, asombrado principalmente por su forma y color inusuales, y percibiendo vagamente, incluso entonces, alguna evidencia de diseño en su llegada. La mañana estaba maravillosamente tranquila, y el sol, que acababa de revelar los pinos en dirección a Weybridge, ya calentaba. Él no recordaba haber oído ningún pájaro aquella mañana, ciertamente no se movía ninguna brisa, y los únicos sonidos eran los débiles movimientos que se producían en el interior del cilindro de ceniza. Estaba completamente solo en el campo abierto.

Entonces, de repente, se dio cuenta con un sobresalto de que parte del escombro gris, la incrustación cenicienta que cubría el meteorito, se estaba desprendiendo del borde circular en el extremo. Se desprendía en copos y llovía sobre la arena. Un gran trozo se desprendió de repente y cayó con un ruido agudo, lo que le llevó el corazón a la boca.

Durante un minuto apenas se dio cuenta de lo que esto

significaba y, aunque el calor era excesivo, bajó a la fosa cerca del bulto para ver la Cosa con más claridad. Ya entonces pensó que el enfriamiento del cuerpo podía ser la causa, pero lo que perturbaba esa idea fue el hecho de que la ceniza caía sólo desde el extremo del cilindro.

Y entonces percibió que, muy lentamente, la parte superior circular del cilindro giraba sobre su cuerpo. Era un movimiento tan gradual que sólo lo descubrió al notar que una marca negra que había estado cerca de él hace cinco minutos estaba ahora al otro lado de la circunferencia. Incluso entonces apenas entendió lo que esto indicaba, hasta que oyó un sonido sordo y vio que la marca negra se movía hacia delante una pulgada. Entonces lo entendió de golpe. ¡El cilindro era artificial, hueco, con un extremo que se enroscaba! ¡Algo dentro del cilindro estaba desenroscando la parte superior!

«¡Cielos!», dijo Ogilvy. «¡Hay un hombre dentro... gente dentro! ¡Medio asada hasta la muerte! ¡Intentando escapar!».

De inmediato, con un rápido salto en la mente, relacionó la Cosa con el destello sobre Marte.

La idea de una criatura confinada le resultó tan espantosa que olvidó el calor y se adelantó al cilindro para ayudar a girarlo. Pero, por suerte, la radiación atenuada le detuvo antes de que pudiera quemarse las manos en el metal aún brillante. En ese momento se quedó indeciso por un momento, luego se dio la vuelta, salió del pozo y salió corriendo a toda prisa hacia Woking. Debían de ser las seis de la tarde. Se encontró con un carretero y trató de hacerle comprender, pero la historia que le contó y su aspecto eran tan disparatados —se le había caído el sombrero en la fosa— que el hombre se limitó a seguir adelante. Tampoco tuvo éxito con el hombre de la cocina que acababa de abrir las puertas de la taberna de Horsell Bridge. El hombre pensó que se trataba de un lunático suelto e intentó sin éxito encerrarlo en el bar. Eso le hizo recuperar la sobriedad; y cuando vio a Henderson, el periodista londinense, en su jardín, llamó por encima de los barrotes y se hizo entender.

«Henderson», llamó, «¿viste esa estrella fugaz anoche?».

«¿Sí, y bien?», dijo Henderson.

«Ahora está en Horsell Common».

«¡Dios mío!», dijo Henderson. «¡Un meteorito ha caído! Eso es bueno».

«Pero es algo más que un meteorito. Es un cilindro... ¡un cilindro artificial, hombre! Y hay algo dentro».

Henderson se levantó con la pala en la mano.

«¿Qué dices?», dijo. Era sordo de un oído.

Ogilvy le contó todo lo que había visto. Henderson estuvo más o menos un minuto asimilándolo. Luego dejó la pala, cogió su chaqueta y salió a la carretera. Los dos hombres se apresuraron a volver al campo abierto y encontraron el cilindro todavía en la misma posición. Pero ahora los sonidos del interior habían cesado, y un delgado círculo de metal brillante se mostraba entre la parte superior y el cuerpo del cilindro. El aire entraba o salía por el borde con un sonido fino y sibilante.

Escucharon, golpearon el metal quemado y escamoso con un palo y, al no encontrar respuesta, ambos concluyeron que el hombre o la gente que estaban dentro debían estar inconscientes o muertos.

Por supuesto, los dos no pudieron hacer nada. Gritaron consuelo y promesas, y se fueron de nuevo al pueblo a buscar ayuda. Uno puede imaginárselos, cubiertos de arena, excitados y desaliñados, corriendo por la pequeña calle a la brillante luz del sol, justo cuando los comerciantes bajaban sus persianas y la gente abría las ventanas de sus habitaciones. Henderson se dirigió inmediatamente a la estación de ferrocarril para telegrafiar la noticia a Londres. Los artículos de los periódicos habían preparado la mente de la gente para la recepción de la idea.

A las ocho de la tarde, varios muchachos y desempleados ya habían partido hacia el campo abierto para ver a los «muertos de Marte». Esa fue la forma que tomó la historia. Me enteré por primera vez a través de mi repartidor de periódicos, a eso de las nueve menos cuarto, cuando salí a buscar mi *Daily Chronicle*. Como es natural, me sobresalté y no perdí tiempo en salir y cruzar el puente de Ottershaw hacia los fosos de arena.

III – EN HORSELL COMMON

Encontré una pequeña multitud de unas veinte personas rodeando el enorme agujero en el que yacía el cilindro. Ya he descrito el aspecto de aquel bulto colosal, incrustado en el suelo. El césped y la grava que lo rodeaban parecían carbonizados, como si se hubiera producido una explosión repentina. Sin duda, su impacto había provocado un destello de fuego. Henderson y Ogilvy no estaban allí. Creo que se habían dado cuenta de que no había nada por hacer en ese momento y se habían ido a desayunar a la casa de Henderson.

Había cuatro o cinco muchachos sentados en el borde de la Fosa, con los pies colgando, y se divertían —hasta que yo los detuve— lanzando piedras a la gigantesca masa. Después de que les hablara de ello, empezaron a jugar a la mancha entre el grupo de espectadores.

Entre ellos había un par de ciclistas, un jardinero que yo empleaba a veces, una chica con un bebé, Gregg, el carnicero, y su hijo pequeño, y dos o tres vagos y caddies de golf que solían merodear por la estación de tren. Hablaban muy poco. Pocos de los habitantes de Inglaterra tenían algo más que vagas nociones astronómicas en aquellos días. La mayoría de ellos miraba tranquilamente al extremo del cilindro, que parecía una gran mesa y que seguía como la habían dejado Ogilvy y Henderson. Me imagino que la expectativa popular de un montón de cadáveres carbonizados se vio defraudada ante este bulto inanimado. Algunos se fueron mientras yo estaba allí, y otras personas vinieron. Me metí en la fosa y me pareció oír un débil movimiento bajo mis pies. Sin duda, la parte superior había dejado de girar.

Sólo cuando me acerqué a él me di cuenta de la extrañeza de aquel objeto. A primera vista, no era más emocionante que un carruaje volcado o un árbol atravesado en la carretera. De hecho, ni siquiera tanto. Parecía un tambor de gas oxidado. Hacía falta una cierta educación científica para percibir que la escala de grises de la Cosa no era un óxido común, que el metal blanco amarillento que brillaba en la grieta entre la tapa y el cilindro tenía un matiz desconocido. «Extra-terrestre» no tenía ningún significado para la mayoría de los espectadores.

En aquel momento tenía muy claro que la Cosa había venido del planeta Marte, pero juzgaba improbable que contuviera algún ser vivo. Pensaba que el desenroscamiento podría ser automático. A pesar de Ogilvy, yo seguía creyendo que había habitantes en Marte. Mi mente se puso a pensar en las posibilidades de que contuviera un manuscrito, en las dificultades de traducción que podrían surgir, en si encontraríamos monedas y modelos en él, etc. Sin embargo, era demasiado grande para estar seguro de esta idea. Sentí una impaciencia por verlo abierto. Hacia las once, como no parecía ocurrir nada, volví caminando, lleno de esos pensamientos, a mi casa en Maybury. Pero me resultó difícil ponerme a trabajar en mis investigaciones abstractas.

Por la tarde, el aspecto del campo abierto había cambiado mucho. Las primeras ediciones de los periódicos de la tarde habían sorprendido a Londres con enormes titulares:

«MENSAJE RECIBIDO DE MARTE»

«UNA HISTORIA EXTRAORDINARIA DESDE WOKING»

y así sucesivamente. Además, el cable de Ogilvy a la Oficina de Astronomía había despertado a todos los observatorios pertenecientes a los tres reinos.

Había media docena de coches de la estación de Woking, o más, parados en la carretera, junto a los arenales, un sulky de Chobham y un carruaje bastante lujoso. Aparte de eso, había un montón de bicicletas. Además, un gran número de personas debían de haber venido a pie, a pesar del calor del día, desde Woking y Chertsey, de modo que en total había una multitud considerable, incluyendo una o dos señoras elegantemente vestidas entre los demás.

Hacía mucho calor, no había ni una nube en el cielo ni un soplo de viento, y la única sombra era la de los pocos pinos dispersos. El páramo en llamas se había extinguido, pero el terreno llano en dirección a Ottershaw estaba ennegrecido hasta donde se podía ver, y seguía desprendiendo serpentinas verticales de humo. Un vendedor de dulces de la carretera de Chobham había enviado a su hijo con una carretilla cargada de manzanas verdes y cerveza de jengibre.

Al acercarme al borde de la fosa, la encontré ocupada por un grupo de media docena de hombres: Henderson, Ogilvy y un hombre alto y rubio que, según supe después, era Stent, el Astrónomo Real, junto a varios obreros que manejaban palas y picos. Stent daba instrucciones con una voz clara y aguda. Estaba de pie sobre el cilindro, que ahora estaba evidentemente mucho más frío; su rostro se había puesto carmesí y chorreaba sudor, y algo parecía haberle irritado.

Una gran parte del cilindro había quedado al descubierto, aunque su extremo inferior seguía incrustado. En cuanto Ogilvy me vio entre la multitud que miraba fijamente al borde de la fosa, me llamó para que bajara y me preguntó si me importaría ir a ver a Lord Hilton, el señor del castillo.

La creciente multitud, dijo, se estaba convirtiendo en un serio impedimento para sus excavaciones, especialmente los muchachos. Querían que se colocara una barandilla ligera y que se ayudara a mantener a la gente alejada. Me dijo que de vez en cuando se oía un leve movimiento dentro de la carcasa, pero que los obreros no habían conseguido desenroscar la parte superior, ya que no tenían ningún tipo de agarre. La carcasa parecía ser enormemente gruesa, y era posible que los débiles sonidos que oímos correspondieran a un ruidoso tumulto en el interior.

Me alegré gustoso de hacer lo que me pedía y de convertirme así en uno de los espectadores privilegiados dentro del recinto señalado. No encontré a Lord Hilton en su casa, pero me dijeron que lo esperaban de Londres en el tren desde Waterloo a las seis de la tarde; y como eran entonces las cinco y cuarto, me fui a casa, tomé un poco de té y me dirigí a la estación para adelantarme a él.

IV — EL CILINDRO SE ABRE

Cuando regresé al campo abierto, el sol se estaba poniendo. Grupos dispersos se apresuraban desde la dirección de Woking, y una o dos personas regresaban. La muchedumbre en torno a la fosa había aumentado y se destacaba en negro contra el amarillo limón del cielo: un par de cientos de personas, tal vez. Se alzaban las voces y parecía haber una especie de lucha en torno a la fosa. Por mi mente pasaron extrañas imaginaciones. Al acercarme, oí la voz de Stent:

«¡Atrás! ¡Atrás!».

Un muchacho vino corriendo hacia mí.

«Se está moviendo», me dijo al pasar; «se está desenroscando y desenroscando. No me gusta. Me voy a casa, de verdad».

Seguí avanzando hacia la multitud. Había realmente, creo, doscientas o trescientas personas que se daban codazos y empujones, y una o dos señoras no eran en absoluto las menos activas.

«¡Se ha caído al foso!», gritó alguien.

«¡Atrás!», dijeron varios.

La multitud se agitó un poco y me abrí paso a codazos. Todo el mundo parecía muy excitado. Oí un peculiar zumbido en el foso.

«¡Yo digo!», dijo Ogilvy; «ayuda a mantener a estos idiotas atrás. No sabemos lo que hay en esa maldita cosa, ¿sabes?».

Vi a un joven, creo que era un dependiente de una tienda de Woking, de pie sobre el cilindro y tratando de salir del agujero de nuevo. La multitud le había empujado.

El extremo del cilindro estaba siendo desenroscado desde dentro. Casi dos pies de tornillo brillante sobresalía. Alguien se tropezó contra mí, y por poco no caigo sobre la parte superior del tornillo. Me giré y, al hacerlo, el tornillo debió de salirse, porque la tapa del cilindro cayó sobre la grava con una sonora conmoción. Clavé el codo en la persona que estaba detrás de mí y volví a girar la cabeza hacia la Cosa. Por un momento aquella cavidad circular pareció perfectamente negra. Tenía la puesta de sol en mis ojos.

Creo que todo el mundo esperaba ver surgir a un hombre, tal vez un poco diferente a nosotros, los hombres terrestres, pero en esencia un hombre. Yo también lo esperaba. Pero, al mirar, enseguida vi algo que se movía dentro de la sombra: movimientos grises y ondulantes, uno sobre otro, y luego dos ojos luminosos en forma de disco. Luego, algo parecido a una pequeña serpiente gris, del grosor de un bastón, se enroscó en el medio y se retorció en el aire hacia mí, y luego otro.

Un repentino escalofrío me invadió. Se oyó un fuerte grito de una mujer detrás. Me giré a medias, manteniendo los ojos fijos en el cilindro, del que ahora se proyectaban otros tentáculos, y comencé a retroceder desde el borde de la fosa. Vi que el asombro se convertía en horror en los rostros de la gente que me rodeaba. Oí exclamaciones inarticuladas por todos lados. Hubo un movimiento general hacia atrás. Vi al comerciante luchando todavía en el borde de la fosa. Me encontré solo, y vi a la gente del otro lado del pozo salir corriendo, Stent entre ellos. Volví a mirar el cilindro y un terror incontrolable se apoderó de mí. Me quedé petrificado y con la mirada fija.

Un gran bulto grisáceo y redondeado, del tamaño, quizás, de un oso, se elevaba lenta y penosamente fuera del cilindro. Al abultarse y captar la luz, brillaba como el cuero mojado.

Dos grandes ojos de color oscuro me miraban fijamente. La masa que los enmarcaba, la cabeza de la cosa, era redondeada y tenía, podría decirse, una cara. Había una boca bajo los ojos, cuyo borde sin labios temblaba y jadeaba, y dejaba caer saliva. Toda la criatura se agitaba y palpitaba convulsivamente. Un larguísimo apéndice tentacular se agarraba al borde del cilindro, otro se balanceaba en el aire.

Los que nunca han visto un marciano vivo apenas pueden imaginar el extraño horror de su aspecto. La peculiar boca en forma de V con su labio superior puntiagudo, la ausencia de crestas en las cejas, la ausencia de una barbilla bajo el labio inferior en forma de cuña, el incesante temblor de esta boca, los grupos de tentáculos de Gorgona, la tumultuosa respiración de los pulmones en una atmósfera extraña, la evidente pesadez y el dolor del movimiento debido a la mayor energía gravitacional de la tierra... sobre todo, la extraordinaria intensidad de los inmensos ojos... eran a la vez vitales, intensos, inhumanos, tullidos y monstruosos. Había algo fungoso en la aceitosa piel marrón, algo en la torpe deliberación de los tediosos movimientos indeciblemente desagradable. Incluso en este primer encuentro, en este primer vistazo, me invadió el asco y el temor.

De repente, el monstruo desapareció. Se había desplomado sobre el borde del cilindro y había caído en la fosa, con un golpe seco como la caída de una gran masa de cuero. Le oí dar un peculiar y ronco grito, e inmediatamente apareció otra de esas criaturas en la profunda sombra de la abertura.

Me di la vuelta y, corriendo alocadamente, me dirigí hacia el primer grupo de árboles, tal vez a unas cien yardas de distancia; pero corrí a hurtadillas y a trompicones, pues no podía apartar el rostro de aquellas cosas.

Allí, entre algunos pinos jóvenes y arbustos de tojo, me detuve, jadeando, y esperé a que se produjeran nuevos acontecimientos. La zona común que rodeaba el arenal estaba salpicada de gente que, como yo, estaba aterrorizada y miraba a esas criaturas, o más bien a la grava amontonada en el borde de la fosa en la que yacían. Y entonces, con un renovado horror, vi un objeto negro y redondo que se balanceaba hacia arriba y hacia abajo en el borde de la fosa. Era la cabeza del comerciante que había caído, pero mostrándose como un pequeño objeto negro contra el caliente sol del oeste. Levantó el hombro y la rodilla, y de nuevo pareció deslizarse hacia atrás hasta que sólo era visible su cabeza. De repente se desvaneció, y podría haber creído que un débil grito me había llegado. Tuve un impulso momentáneo de volver a ayudarlo, pero mis temores no lo permitieron.

Todo era entonces bastante invisible, oculto por la profunda fosa y el montón de arena que la caída del cilindro había hecho. Cualquiera que viniera por la carretera desde Chobham o Woking se habría asombrado ante el espectáculo: una multitud menguante de quizá un centenar de personas o más, de pie en un gran círculo irregular, en las zanjas, detrás de los arbustos, detrás de las puertas y los setos, hablándose poco entre sí y de ser así en gritos cortos y excitados, y mirando, mirando fijamente a unos cuantos montones de arena. La carretilla de la cerveza de jengibre se mantenía en pie, una extraña ruina, negra contra el cielo ardiente, y en los fosos de arena había una hilera de vehículos desiertos con sus caballos alimentándose de los morrales o dando patadas en el suelo.

V – EL RAYO DE CALOR

Después de la visión que había tenido de los marcianos saliendo del cilindro en el que habían llegado a la tierra desde su planeta una especie de fascinación paralizó mis acciones. Permanecí de pie, hundido hasta las rodillas en el brezo, mirando el montículo que los escondía. Era una batalla entre el miedo y la curiosidad.

No me atreví a volver hacia la fosa, pero sentí un apasionado deseo de asomarme a ella. Empecé a caminar, por tanto, en una gran curva, buscando algún punto ventajoso y mirando continuamente los montones de arena que ocultaban a estos recién llegados a nuestra tierra. En una ocasión, una correa de finos látigos negros, como los brazos de un pulpo, atravesó la puesta de sol y se retiró inmediatamente, y después una fina varilla se elevó, juntura a juntura, llevando en su vértice un disco circular que giraba con un movimiento oscilante. ¿Qué podía estar ocurriendo allí?

La mayoría de los espectadores se habían reunido en uno o dos grupos: uno de ellos, una pequeña multitud en dirección a Woking, el otro, un nudo de gente en dirección a Chobham. Evidentemente, compartían mi conflicto mental. Había pocos cerca de mí. Me acerqué a una persona –que era, según percibí, un vecino mío, aunque no sabía su nombre– y la abordé. Pero no era el momento de entablar una conversación.

«¡Qué brutos más feos!», dijo. «¡Dios mío! ¡Qué brutos más feos!». Lo repitió una y otra vez.

«¿Viste a un hombre en la fosa?», le dije, pero él no respondió. Nos quedamos en silencio, y permanecimos observando durante un tiempo uno al lado del otro, obteniendo, me imagino, un cierto confort en la compañía del otro. Luego cambié mi posición a una pequeña loma que me daba la ventaja de una yarda o más de elevación, y cuando lo busqué con la vista él estaba, en ese momento, caminando hacia Woking.

El atardecer se convirtió en crepúsculo antes de que ocurriera nada más. La multitud que se encontraba a lo lejos, a la izquierda, en dirección a Woking, parecía crecer, y ahora oía un débil murmullo procedente de ella. El pequeño grupo de gente hacia Chobham se dispersó. Apenas había un indicio de movimiento desde la fosa.

Fue esto, más que nada, lo que dio coraje a la gente, y supongo que los recién llegados de Woking también ayudaron a restaurar la confianza. En cualquier caso, a medida que se acercaba el crepúsculo comenzó un movimiento lento e intermitente en los fosos de arena, un movimiento que parecía cobrar fuerza a medida que la quietud de la noche en torno al cilindro se mantenía intacta. Figuras negras verticales de a dos y de a tres avanzaban, se detenían, miraban y volvían a avanzar, extendiéndose al hacerlo en una fina media luna irregular que prometía encerrar el foso en sus cuernos atenuados. También yo, por mi parte, comencé a avanzar hacia la fosa.

Entonces vi que algunos cocheros y otros se habían adentrado audazmente en los fosos de arena, y oí el estruendo de los cascos y el rechinar de las ruedas. Vi que un muchacho se llevaba la carretilla de las manzanas. Y luego, a menos de treinta yardas del foso, avanzando desde la dirección de Horsell, observé un pequeño grupo negro de hombres, el primero de los cuales ondeaba una bandera blanca.

Esta era la Delegación. Se había hecho una consulta apresurada, y como los marcianos eran evidentemente, a pesar de sus formas repulsivas, criaturas inteligentes, se había resuelto mostrarles, acercándose a ellos con señales, que nosotros también éramos inteligentes.

Flameando, flameando, iba la bandera, primero a la derecha, luego a la izquierda. Yo estaba demasiado lejos como para reconocer a alguien allí, pero después supe que Ogilvy, Stent y Henderson formaban parte junto a otros de este intento de comunicación. Este pequeño grupo, en su avance, había arrastrado hacia adentro, por así decirlo, la circunferencia del círculo de gente, ahora casi completo, y un número de tenues figuras oscuras lo seguía a discretas distancias.

De repente se produjo un destello de luz, y una cantidad de humo verdoso y luminoso salió de la fosa en tres bocanadas definidas, que subieron, una tras otra, directamente al aire quieto.

Este humo (o llama, tal vez, sería la mejor palabra para definirlo) era tan brillante que el cielo azul profundo que había sobre él y los tramos brumosos de la zona comunitaria hacia Chertsey, con pinos negros, parecían oscurecerse abruptamente a medida que surgían estas bocanadas, y permanecer más oscuros después de su dispersión. Al mismo tiempo, se oyó un débil silbido.

Más allá de la fosa estaba la pequeña cuña de gente con la bandera blanca en su vértice, detenida por estos fenómenos, un pequeño grupo de formitas oscuras verticales sobre el suelo negro. A medida que surgía el humo verde, sus rostros resplandecían de un verde pálido, y se desvanecían de nuevo al desaparecer el humo. Luego, lentamente, el silbido se convirtió en un zumbido, en un ruido largo y fuerte, como un tambor. Lentamente, una forma jorobada salió del pozo, y el fantasma de un rayo de luz pareció parpadear desde él.

De inmediato, destellos de llamas reales, un resplandor brillante que saltaba de uno a otro, surgieron del grupo disperso de hombres. Era como si un chorro invisible incidiera sobre ellos y se convirtiera en una llama blanca. Era como si cada hombre se convirtiera repentina y momentáneamente en fuego.

Entonces, a la luz de su propia destrucción, los vi tambalearse y caer, y a sus partidarios volverse para correr.

Me quedé mirando, sin darme cuenta todavía de que era la muerte la que saltaba de hombre a hombre en aquella pequeña y distante multitud. Todo lo que sentí fue que se trataba de algo muy extraño. Un destello de luz casi silencioso y cegador, y entonces un hombre cayó de cabeza y se quedó inmóvil; y cuando el invisible rayo de calor pasó por encima de ellos, los pinos estallaron en llamas, y todos los arbustos secos se convirtieron en una masa de fuego con un ruido sordo. Y a lo lejos, en dirección a Knaphill, vi los destellos de los árboles y los setos y los edificios de madera que ardían de repente.

Esta muerte en llamas, esta espada invisible e inevitable de calor, se movía rápida y constantemente. La percibí viniendo hacia mí por los arbustos centelleantes que tocaba, y estaba demasiado asombrado y estupefacto como para moverme. Oí el crepitar del fuego en los fosos de arena y el súbito chillido de un caballo que se aquietó repentinamente. Entonces fue como si un dedo invisible, pero intensamente caliente, atravesara el brezo entre los marcianos y yo, y a lo largo de una línea curva más allá de los fosos de arena el suelo oscuro humeaba y crepitaba. Algo cayó con estrépito a lo lejos, a la izquierda, donde la carretera de la estación de Woking se abre al campo abierto. El silbido y el zumbido cesaron y el objeto negro en forma de cúpula se hundió lentamente en el pozo.

Todo había sucedido con tal rapidez que yo me había quedado inmóvil, aturdido y deslumbrado por los destellos de luz. Si esa muerte hubiera recorrido un círculo completo, inevitablemente me habría matado en mi sorpresa. Pero pasó y me perdonó, y dejó la noche a mi alrededor repentinamente oscura y desconocida.

La ondulante llanura parecía ahora oscura casi hasta la negrura, excepto donde sus calzadas yacían grises y pálidas bajo el profundo cielo azul de la temprana noche. Estaba oscuro y, de repente, vacío de gente. En lo alto, las estrellas se reunían, y en el oeste el cielo seguía siendo de un azul pálido y brillante, casi verdoso. Las copas de los pinos y los tejados de Horsell se veían nítidos y negros contra el resplandor del oeste. Los marcianos y sus aparatos eran del todo invisibles, salvo aquel delgado mástil sobre el que se tambaleaba su inquieto espejo. Parches de arbustos y árboles aislados aquí y allá humeaban y brillaban todavía, y las casas hacia la estación de Woking lanzaban espirales de llamas en la quietud del aire vespertino.

Nada había cambiado, salvo eso y un terrible asombro. El pequeño grupo de manchas negras con la bandera blanca había sido barrido de la existencia, y la quietud de la noche, así me pareció, apenas se había roto.

Me di cuenta de que estaba en este oscuro campo abierto, indefenso, desprotegido y solo. De repente, como una cosa que cae sobre mí desde fuera, vino... el miedo.

Con un esfuerzo me di la vuelta y empecé a correr a tropezones por el brezo.

El miedo que sentí no era un miedo racional, sino un terror de pánico no sólo a los marcianos, sino al crepúsculo y a la quietud que me rodeaban. Tuvo un efecto tan extraordinario, desconcertándome, que corrí llorando en silencio como lo haría un niño. Una vez que me hube dado la vuelta, no me atreví a mirar atrás.

Recuerdo que sentí una extraordinaria persuasión de que estaban jugando conmigo, de que pronto, cuando estuviera alcanzando la seguridad, esta misteriosa muerte —tan rápida como el paso de la luz— saltaría tras de mí desde el pozo del cilindro y me abatiría.

VI — EL RAYO DE CALOR EN LA CARRETERA DE CHOBHAM

Sigue siendo una cuestión de asombro cómo los marcianos son capaces de matar a los hombres tan rápida y silenciosamente. Muchos piensan que de alguna manera son capaces de generar un intenso calor en una cámara con una falta de conductividad prácticamente absoluta. Este calor intenso lo proyectan en un rayo paralelo contra cualquier objeto que elijan, por medio de un espejo parabólico pulido de composición desconocida, de la misma manera que el espejo parabólico de un faro proyecta un rayo de luz. Pero nadie ha demostrado absolutamente estos detalles. Sea como sea, lo cierto es que un haz de calor es la esencia del asunto. Calor, y luz invisible, en lugar de visible. Todo lo que es combustible se convierte en llama al tocarlo, el plomo corre como el agua, ablanda el hierro, agrieta y derrite el vidrio, y cuando cae sobre el agua, incontinentemente ésta estalla en vapor.

Aquella noche casi cuarenta personas yacían bajo la luz de las estrellas en torno a la fosa, carbonizadas y distorsionadas hasta quedar irreconocibles, y durante toda la noche el campo abierto de Horsell a Maybury estuvo desierto y en llamas.

La noticia de la masacre probablemente llegó a Chobham, Woking y Ottershaw más o menos al mismo tiempo. En Woking las tiendas habían cerrado cuando ocurrió la tragedia, y un número de personas, comerciantes y demás, atraídos por las historias que habían escuchado, caminaban por Horsell Bridge y por el camino entre los setos que desemboca finalmente en el campo abierto. Puede imaginarse a los jóvenes que se refrescaban después de las labores del día, y que hacían de esta novedad, como de cualquier otra, la excusa para pasear juntos y disfrutar de un coqueteo trivial. Puede imaginarse el zumbido de las voces a lo largo del camino en la penumbra...

Hasta ahora, por supuesto, poca gente en Woking sabía que el cilindro se había abierto, aunque el pobre Henderson había enviado un mensajero en bicicleta a la oficina de correos con un cable especial para un periódico vespertino.

A medida que esta gente salía de dos en dos al descampado, se encontraban con pequeños grupos de personas que hablaban animadamente y miraban el espejo giratorio sobre los fosos de arena, y los recién llegados, sin duda, pronto se contagiaron del entusiasmo de la ocasión.

A las ocho y media, cuando la Delegación fue destruida, debía haber una multitud de trescientas personas o más en este lugar, además de los que habían abandonado la carretera para acercarse a los marcianos. También había tres policías, uno de ellos a caballo, que hacían todo lo posible, bajo instrucciones de Stent, para mantener a la gente alejada y disuadirla de acercarse al cilindro. Hubo algunos abucheos por parte de las almas más desconsideradas y excitadas, para las que una multitud es siempre una ocasión para el ruido y la payasada.

Stent y Ogilvy, previendo algunas posibilidades de colisión, habían telegrafiado desde Horsell al cuartel en cuanto aparecieron los marcianos, solicitando la ayuda de una compañía de soldados para proteger a esas extrañas criaturas de la violencia. Después de eso, volvieron a liderar aquel malogrado avance. La descripción de su muerte, tal y como la vio la multitud, coincide en gran medida con mis propias impresiones: las tres bocanadas de humo verde, el zumbido profundo y los destellos de las llamas.

Pero esa multitud de personas tuvo una escapada mucho más estrecha que la mía. Sólo les salvó el hecho de que un montículo de arena calcárea interceptara la parte inferior del Rayo de Calor. Si la elevación del espejo parabólico hubiera sido unas yardas más alta, nadie habría vivido para contar el cuento. Vieron los destellos y a los hombres caer y una mano invisible, por así decirlo, iluminó los arbustos mientras se apresuraba hacia ellos a través de la penumbra. Luego, con una nota silbante que se elevó por encima del zumbido de la fosa, el rayo giró cerca de sus cabezas, iluminando las copas de las hayas que bordean el camino, y partiendo los ladrillos, rompiendo las ventanas, disparando los marcos de las ventanas, y derribando en ruinas una parte del altillo de la casa más cercana a la esquina.

Ante el repentino golpe, el silbido y el resplandor de los árboles en llamas, la multitud, presa del pánico, parece haberse agitado vacilante durante unos instantes. Las chispas y las ramitas ardientes empezaron a caer en el camino; las hojas sueltas caían como bocanadas de llamas. Se incendiaron sombreros y vestidos. Entonces llegó un llanto desde el campo abierto. Se oyeron gritos y chillidos, y de repente un policía montado llegó galopando a través de la confusión con las manos juntas sobre la cabeza, gritando.

«¡Ya vienen!», gritó una mujer, y desesperadamente todos se volvieron y empujaron a los que venían detrás, para despejar de nuevo el camino hacia Woking. Deben haber salido corriendo tan ciegamente como un rebaño de ovejas. Donde el camino se hace estrecho y negro entre los altos bancos, la multitud se atascó, y se produjo una lucha desesperada. No todos escaparon en la multitud: tres personas al menos, dos mujeres y un muchacho, fueron aplastados y pisoteados allí, y se les dejó morir en medio del terror y la oscuridad.

VII – CÓMO LLEGUÉ A CASA

Por mi parte, no recuerdo nada de mi huida, salvo la tensión de chocar con los árboles y de tropezar en el brezo. A mi alrededor se acumulaban los terrores invisibles de los marcianos; aquella despiadada espada de calor parecía girar de un lado a otro, floreciendo en lo alto antes de descender para quitarme la vida. Llegué al camino entre el cruce y Horsell, y corrí por él hasta el cruce.

Al final no pude ir más lejos; estaba agotado por la violencia de mi emoción y de mi huida, y me tambaleé y caí al borde del camino. Eso fue cerca del puente que cruza el canal junto a la fábrica de gas. Caí y me quedé inmóvil.

Debí de permanecer allí algún tiempo.

Me senté, extrañamente perplejo. Por un momento, tal vez, no pude entender claramente cómo había llegado allí. Mi terror se había desprendido de mí como una prenda de vestir. Mi sombrero había desaparecido y mi cuello se había desprendido de su cierre. Unos minutos antes, sólo había habido tres cosas reales ante mí: la inmensidad de la noche, el espacio y la naturaleza, mi propia debilidad y angustia, y la proximidad de la muerte. Ahora era como si algo hubiera dado un vuelco y el punto de vista se hubiera alterado bruscamente. No hubo una transición sensible de un estado mental al otro. Inmediatamente volví a ser el mismo de todos los días: un ciudadano decente y común. El silencio del campo abierto, el impulso de mi huida, las llamas que comenzaban, eran como si hubieran sucedido en un sueño. Me pregunté si estas últimas cosas habían ocurrido realmente. No podía creerlo.

Me levanté y caminé inseguro por la empinada pendiente del puente. Mi mente estaba en blanco. Mis músculos y mis nervios parecían agotados. Me atrevo a decir que me tambaleé borracho. Una cabeza se alzó sobre el arco y apareció la figura de un obrero que llevaba una cesta. A su lado corría un muchachito. Pasó junto a mí, deseándome buenas noches. Tuve la intención de hablarle, pero no lo hice. Respondí a su saludo con un balbuceo sin sentido y seguí por el puente.

Por encima del arco de Maybury, un tren, un tumulto ondulante de humo blanco e iluminado por el fuego, y una larga oruga de ventanas encendidas, volaba hacia el sur: ruido, ruido, golpes, y se había ido. Un tenue grupo de personas hablaba en la puerta de una de las casas de la bonita hilera de tejados que se llamaba Oriental Terrace. Todo era tan real y tan familiar. ¡Y eso detrás de mí! ¡Era frenético, fantástico! Esas cosas, me dije, no podían ser.

Tal vez sea un hombre con un humor excepcional. No sé hasta qué punto mi experiencia es común. A veces sufro una extraña sensación de desprendimiento de mí mismo y del mundo que me rodea; parece que lo observo todo desde fuera, desde algún lugar inconcebiblemente remoto, fuera del tiempo, del espacio, del estrés y de la tragedia de todo ello. Esta sensación fue muy fuerte en mí esa noche. Éste era otro aspecto de mi sueño.

Pero el problema era la incongruencia en blanco de esta serenidad y la rápida muerte que volaba allá, a menos de dos millas de distancia. Se oía el ruido de la fábrica de gas y las lámparas eléctricas estaban encendidas. Me detuve ante el grupo de personas.

«¿Qué noticias hay del campo abierto?», dije.

Había dos hombres y una mujer en la puerta.

«¿Eh?», dijo uno de los hombres, volviéndose.

«¿Qué noticias hay del campo abierto?», dije.

«¿No acabas de estar allí?», preguntaron los hombres.

«La gente que ha ido a ese campo parece bastante tonta», dijo la mujer sobre la puerta. «¿De qué se trata?».

«¿No han oído hablar de los hombres de Marte?», dije yo; «¿las criaturas de Marte?».

«Bastante», dijo la mujer sobre la puerta. «Gracias»; y los

tres se rieron.

Me sentí tonto y enfadado. Lo intenté pero descubrí que no podía contarles lo que había visto. Volvieron a reírse de mis frases rotas.

«Ya oirán más», dije, y seguí hacia mi casa.

Sorprendí a mi mujer en la puerta, tan demacrado estaba. Entré en el comedor, me senté, bebí un poco de vino y, en cuanto pude recomponerme lo suficiente, le conté las cosas que había visto. La cena, que era fría, ya estaba servida, y permaneció descuidada sobre la mesa mientras yo contaba mi historia.

«Hay una cosa», dije, para disipar los temores que había despertado; «son las cosas más perezosas que he visto arrastrarse. Pueden vigilar la fosa y matar a la gente que se les acerca, pero no pueden salir de ella... ¡Pero qué horror!».

«¡No, querido!», dijo mi esposa, frunciendo las cejas y poniendo su mano sobre la mía.

«¡Pobre Ogilvy!», dije. «¡Pensar que puede estar ahí muerto!».

A mi mujer, al menos, no le pareció increíble mi experiencia. Cuando vi lo mortalmente blanco que estaba su rostro, me detuve abruptamente.

«Pueden venir aquí», dijo una y otra vez.

La presioné para que tomara vino y traté de tranquilizarla.

«Apenas si pueden moverse», le dije.

Empecé a consolarla y a consolarme repitiendo todo lo que Ogilvy me había dicho sobre la imposibilidad de que los marcianos se establecieran en la Tierra. En particular, hice hincapié en la dificultad gravitacional. En la superficie de la Tierra la fuerza de gravedad es tres veces mayor que en la superficie de Marte. Un marciano, por tanto, pesaría tres veces más aquí que en Marte, aunque su fuerza muscular sería la misma. Su propio cuerpo sería, por tanto, una capa de plomo para él. Esa era, en efecto, la opinión general. Tanto *The Times* como el *Daily Telegraph*, por ejemplo, insistieron en ello a la mañana siguiente, y ambos pasaron por alto, al igual que yo, dos influencias atenuantes evidentes.

Ahora sabemos que la atmósfera de la Tierra contiene mucho más oxígeno o mucho menos argón (como uno prefiera) que la de Marte. Las influencias vigorizantes de este exceso de oxígeno sobre los marcianos contribuyeron indiscutiblemente a contrarrestar el mayor peso de sus cuerpos. Y, en segundo lugar, todos pasamos por alto el hecho de que una inteligencia mecánica como la que poseían los marcianos era bastante capaz de prescindir del esfuerzo muscular en un instante.

Pero no consideré estos puntos en ese momento, y por eso mi razonamiento fracasaba ante las posibilidades de los invasores. Con el vino y la comida, la confianza que me daba mi propia mesa, y la necesidad de tranquilizar a mi esposa, me volví, sin darme cuenta, gradualmente, valiente y seguro.

«Han hecho una tontería», me dije, tocando mi copa de vino. «Son peligrosos porque, sin duda, están locos de terror. Tal vez no esperaban encontrar algún ser vivo, ciertamente no un ser vivo inteligente».

«Un proyectil en la fosa», dije yo, «en el peor de los casos, los matará a todos».

La intensa excitación de los acontecimientos había dejado, sin duda, mis facultades perceptivas en un estado de eretismo. Incluso ahora recuerdo aquella mesa con extraordinaria vivacidad. El dulce y ansioso rostro de mi querida esposa, que me miraba desde la pantalla rosa de la lámpara, el mantel blanco con los utensilios de plata y cristal de la mesa —pues en aquella época incluso los escritores filosóficos se daban muchos pequeños lujos— y el vino púrpura-carmesí en mi copa, son fotográficamente inconfundibles. Al final me senté, fumando un cigarrillo, lamentando la imprudencia de Ogilvy y denunciando la miope timidez de los marcianos.

De la misma manera, algún respetable dodo de las Islas Mauricio podría haberse enseñoreado en su nido y haber discutido la llegada de aquel cargamento de despiadados marineros en busca de alimento animal. «Mañana los mataremos a picotazos, querida».

Yo no lo sabía, pero aquella fue la última cena civilizada que iba a tomar durante muchos —extraños y terribles— días.

VIII – VIERNES POR LA NOCHE

Lo más extraordinario, en mi opinión, de todas las cosas extrañas y maravillosas que ocurrieron aquel viernes, fue el encadenamiento de los hábitos comunes de nuestro orden social con los primeros comienzos de la serie de acontecimientos que iban a derribar ese mismo orden social frontalmente. Si el viernes por la noche se hubiera tomado un compás y se hubiera trazado un círculo con un radio de cinco millas alrededor de los arenales de Woking, dudo que hubiera habido un solo ser humano fuera de él, a menos que fuera algún pariente de Stent o de los tres o cuatro ciclistas o londinenses que yacían muertos en el campo abierto, cuyas emociones o hábitos se vieran afectados por los recién llegados. Mucha gente había oído hablar del cilindro, por supuesto, y hablaba de él en su tiempo libre, pero ciertamente no causó la sensación que habría causado un ultimátum a Alemania.

Aquella noche, en Londres, el telegrama del pobre Henderson en el que se describía el desenroscamiento gradual del disparo fue juzgado como una patraña, y su periódico vespertino, tras solicitar su autentificación y no recibir respuesta —él había sido asesinado—, decidió no imprimir una edición especial.

Incluso dentro del círculo de cinco millas la gran mayoría de la gente no hacía nada especial. Ya he descrito el comportamiento de los hombres y mujeres con los que hablé. En todo el distrito la gente comía y cenaba; los trabajadores se dedicaban a la jardinería después de las labores del día, los niños se acostaban, los jóvenes deambulaban por las callejuelas haciendo el amor, los estudiantes se sentaban a leer sus libros.

Tal vez hubo un murmullo en las calles del barrio, un tema novedoso y dominante en las tabernas, y aquí y allá un mensajero, o incluso un testigo presencial de los sucesos posteriores, provocó un torbellino de excitación, un griterío y una corrida de un lado a otro; pero en su mayor parte la rutina diaria de trabajar, comer, beber, dormir, continuó como lo había hecho durante incontables años, como si no existiera el planeta Marte en el cielo. Incluso en la estación de Woking y en Horsell y Chobham era así.

En el cruce de Woking, hasta una hora tardía, los trenes se detenían y avanzaban, otros hacían maniobras en las vías laterales, los pasajeros se apeaban y esperaban, y todo transcurría de la manera más ordinaria. Un muchacho de la ciudad, aprovechando el monopolio de Smith, vendía periódicos con las noticias de la tarde. El sonoro impacto de los camiones, el agudo silbido de las locomotoras del cruce, se mezclaban con sus gritos de «¡Hombres de Marte!». Unos hombres excitados entraron en la estación hacia las nueve con noticias increíbles, y no causaron más disturbios que los que podrían haber causado los borrachos. La gente que traqueteaba hacia Londres se asomó a la oscuridad fuera de las ventanas de los vagones, y sólo vio una chispa rara, parpadeante, que se desvanecía, subiendo desde la dirección de Horsell, un resplandor rojo y un fino velo de humo que atravesaba las estrellas, y pensó que no ocurría nada más serio que un incendio en el brezo. Sólo en los alrededores del campo se percibía alguna perturbación. Había media docena de villas ardiendo en el límite de Woking. Había luces en todas las casas del lado del campo abierto rodeando las tres aldeas, y la gente que habitaba allí se mantuvo despierta hasta el amanecer.

Una curiosa multitud permanecía inquieta, la gente iba y venía, pero la multitud permanecía, tanto en el puente de Chobham como en el de Horsell. Uno o dos aventureros, según se supo después, se adentraron en la oscuridad y se arrastraron hasta llegar muy cerca de los marcianos; pero nunca regresaron, pues de vez en cuando un rayo de luz, como el haz de un reflector de un buque de guerra, barría el campo abierto, y el Rayo de Calor estaba listo para seguirlo. Salvo por esto, aquella gran zona del campo abierto estaba silenciosa y desolada, y los cuerpos carbonizados permanecieron en ella toda la noche, bajo las estrellas, y todo el día siguiente. Un ruido de martilleo procedente de la fosa fue escuchado por muchas personas.

Así pues, el estado de las cosas el viernes por la noche. En el centro, clavado en la piel de nuestro viejo planeta Tierra como un dardo envenenado, estaba este cilindro. Pero el veneno apenas hacía su efecto. A su alrededor había un campo abierto silencioso, humeante en algunos lugares, y con algunos objetos oscuros y poco visibles que yacían, con formas contorsionadas, aquí y allá. Aquí y allá había un arbusto o un árbol en llamas. Más allá había una franja de excitación, y más allá de esa franja la inflamación no se había arrastrado todavía. En el resto del mundo la corriente de la vida seguía fluyendo como lo había hecho durante años inmemoriales. La fiebre de la guerra, que pronto obstruiría las venas y las arterias, que mataría los nervios y destruiría el cerebro, aún no se había desarrollado.

Durante toda la noche, los marcianos estuvieron martillando y revolviendo, insomnes, infatigables, trabajando en las máquinas que estaban preparando, y de vez en cuando una bocanada de humo blanco verdoso se elevaba hacia el cielo estrellado.

Hacia las once, una compañía de soldados pasó por Horsell y se desplegó a lo largo del campo abierto para formar un cordón. Más tarde, una segunda compañía atravesó Chobham para desplegarse en el lado norte del campo abierto. Varios oficiales del cuartel de Inkerman habían estado en el campo abierto a primera hora del día, y se informó de que uno de ellos, el Comandante Eden, había desaparecido. El coronel del regimiento llegó al puente de Chobham y se ocupó de interrogar a la multitud a medianoche. Las autoridades militares eran ciertamente conscientes de la gravedad del asunto. Hacia las once, según los periódicos de la mañana siguiente, un escuadrón de húsares, dos ametralladoras Maxim y unos cuatrocientos hombres del regimiento de Cardigan partieron de Aldershot.

Unos segundos después de la medianoche, la multitud que se encontraba en la carretera de Chertsey, en Woking, vio cómo una estrella caía del cielo en el bosque de pinos del noroeste. Tenía un color verdoso, y provocaba un brillo silencioso como un relámpago de verano. Se trataba del segundo cilindro.

IX – LA LUCHA COMIENZA

El sábado vive en mi memoria como un día de suspenso. También fue un día de lasitud, caluroso y pesado, con, según me han dicho, un barómetro que fluctuaba rápidamente. Yo había dormido poco, aunque mi esposa había logrado dormir, y me levanté temprano. Salí a mi jardín antes del desayuno y me quedé escuchando, pero desde el campo abierto no llegaba nada más que el canto de una alondra.

El lechero vino como siempre. Oí el traqueteo de su carro y me acerqué a la puerta lateral para preguntar las últimas noticias. Me dijo que durante la noche los marcianos habían sido rodeados por tropas, y que se esperaban disparos. Entonces —una nota familiar y tranquilizadora— oí un tren que se dirigía a Woking.

«No para matarlos», dijo el lechero, «si se puede evitar».

Vi a mi vecino trabajando en el jardín, charlé con él un rato y luego entré a desayunar. Era una mañana de lo más inusual. Mi vecino opinaba que las tropas podrían capturar o destruir a los marcianos durante el día.

«Es una pena que se hagan tan inaccesibles», dijo. «Sería curioso saber cómo viven en otro planeta; podríamos aprender un par de cosas».

Se acercó a la valla y me tendió un puñado de fresas, pues su jardinería era tan generosa como entusiasta. Al mismo tiempo, me habló del incendio de los pinares en torno al Byfleet Golf Links.

«Dicen», dijo él, «que hay otra de esas benditas cosas caídas allí... la número dos. Pero con una es suficiente, seguramente. Este lote le costará a la gente del seguro un buen dinero antes de que todo se arregle». Se rió con buen humor al decir esto. El bosque, dijo, seguía ardiendo, y me señaló una neblina de humo. «El suelo estará caliente durante días, a causa de la espesa tierra de agujas de pino y césped», dijo, y luego se puso serio por «el pobre Ogilvy».

Después del desayuno, en lugar de trabajar, decidí bajar hacia el campo abierto. Bajo el puente del ferrocarril me encontré con un grupo de soldados —del Cuerpo de Zapadores, creo—, hombres con pequeñas gorras redondas, chaquetas rojas sucias desabrochadas y mostrando sus camisas azules, pantalones oscuros y botas que llegaban a la pantorrilla. Me dijeron que no se permitía a nadie cruzar el canal, y, mirando a lo largo del camino hacia el puente, vi a uno de los hombres del Cardigan haciendo guardia allí. Hablé con estos soldados durante un rato; les conté que había visto a los marcianos la noche anterior. Ninguno de ellos había visto a los marcianos, y sólo tenían una vaga idea de ellos, por lo que me acribillaron a preguntas. Dijeron que no sabían quién había autorizado los movimientos de las tropas; su idea era que había surgido una disputa en la Guardia de Caballería. El zapador ordinario es mucho más instruido que el soldado común, y discutieron con cierta agudeza las peculiares condiciones del posible combate. Les describí el Rayo de Calor, y comenzaron a discutir entre ellos.

«Arrástrate a cubierto y acércate a ellos, digo yo», dijo uno.

«¡Bah!», dijo otro. «Qué es lo que te cubre de este calor? ¡Te cocina! Lo que tenemos que hacer es acercarnos tanto como el suelo nos permita, y luego abrir una trinchera».

«¡Olvida tus trincheras! Siempre quieres trincheras; pareces un conejo».

«¿No tienen cuello, entonces?», dijo un tercero, bruscamente; un hombre pequeño, contemplativo y moreno, que fumaba en pipa.

Repetí mi descripción.

«Pulpos», dijo, «así es como los llamo. Hablando de pescadores de hombres, ¡esta vez son luchadores de peces!».

«No es un asesinato matar bestias así», dijo el primer

orador.

«¿Por qué no bombardear a las malditas cosas y acabar con ellas?», dijo el moreno. «No se sabe lo que podrían hacer».

«¿Dónde están tus proyectiles?», dijo el primero. «No hay tiempo. Hazlo rápido, ese es mi consejo, y hazlo de una vez».

Así discutían. Después de un rato los dejé, y me dirigí a la estación de tren para conseguir todos los periódicos de la mañana que pudiera.

Pero no cansaré al lector con la descripción de aquella larga mañana y de la más larga tarde. No conseguí echar un vistazo al campo abierto, pues incluso las torres de las iglesias de Horsell y Chobham estaban en manos de las autoridades militares. Los soldados a los que me dirigí no sabían nada; los oficiales estaban tan misteriosos como ocupados. Volví a encontrar a la gente del pueblo bastante segura ante la presencia de los militares, y oí por primera vez a Marshall, el cigarrero, diciendo que su hijo estaba entre los muertos del campo abierto. Los soldados habían ordenado que la gente de las afueras de Horsell cerrara y abandonara sus casas.

Volví a almorzar hacia las dos, muy cansado porque, como he dicho, el día era extremadamente caluroso y pesado; y para refrescarme me di un baño frío por la tarde. A eso de las cuatro y media fui a la estación de ferrocarril para conseguir un periódico vespertino, pues los periódicos de la mañana sólo contenían una descripción muy inexacta del asesinato de Stent, Henderson, Ogilvy y los demás. Pero había poco que no supiera. Los marcianos no mostraron ni una pulgada de sí mismos. Parecían ocupados en su foso, y se oía un ruido de martillos y había una corriente de humo casi continua. Al parecer, estaban ocupados preparándose para la lucha. «Se han hecho nuevos intentos de comunicación, pero sin éxito», era la fórmula estereotipada de los periódicos. Un zapador me dijo que se trataba de un hombre en una zanja con una bandera en un palo largo. Los marcianos hacían tanto caso de tales avances como nosotros del mugido de una vaca.

Debo confesar que la visión de todo este armamento, de toda esta preparación, me excitó enormemente. Mi imaginación se volvió beligerante, y derrotó a los invasores de una docena de maneras sorprendentes; algo de mis sueños escolares de batalla y heroísmo regresó. En aquel momento no me pareció una lucha justa. Ellos parecían muy indefensos en ese pozo suyo.

Alrededor de las tres comenzó el ruido de un cañón a intervalos medidos desde Chertsey o Addlestone. Me enteré de que estaban bombardeando el pinar humeante en el que había caído el segundo cilindro, con la esperanza de destruir ese objeto antes de que se abriera. Sin embargo, sólo hacia las cinco llegó a Chobham un cañón de campaña para utilizarlo contra el primer grupo de marcianos.

Hacia las seis de la tarde, mientras estaba sentado tomando el té con mi mujer en el invernadero, hablando enérgicamente de la batalla que se nos venía encima, oí una detonación apagada en el campo abierto, e inmediatamente después una ráfaga de disparos. A continuación se produjo un violento estruendo, muy cerca de nosotros, que hizo temblar el suelo; y, al salir al césped, vi que las copas de los árboles que rodeaban el Oriental College estallaban en llamas rojas y humeantes, y que la torre de la pequeña iglesia que estaba al lado se deslizaba hacia su ruina. El pináculo de la mezquita se había desvanecido, y la línea del tejado del propio colegio parecía como si un cañón de cien toneladas hubiera disparado sobre él. Una de nuestras chimeneas se resquebrajó como si un disparo hubiera impactado en ella, voló, y un trozo bajó estrepitosamente por las tejas convirtiéndose en un montón de fragmentos rojos rotos sobre el parterre junto a la ventana de mi estudio.

Mi mujer y yo nos quedamos asombrados. Entonces me di cuenta de que la cresta de la colina de Maybury debía estar al alcance de los Rayos de Calor de los marcianos, ahora que el colegio estaba despejado.

En ese momento agarré a mi mujer del brazo y, sin ceremonias, la saqué a la calle. Luego llamé a la criada, diciéndole que yo mismo subiría por la caja que ella pedía a gritos.

«No podemos quedarnos aquí», dije, y mientras hablaba se reabrió el fuego por un momento en el campo abierto.

«Pero, ¿a dónde vamos a ir?», dijo mi mujer aterrorizada.

Me quedé perplejo. Entonces recordé a sus primos de Leatherhead.

«¡Leatherhead!», grité por encima del repentino ruido.

Ella apartó la vista de mí y miró cuesta abajo. La gente salía de sus casas, asombrada.

«¿Cómo vamos a llegar a Leatherhead?», dijo.

Bajando la colina, vi a un grupo de húsares pasar por debajo del puente del ferrocarril; tres galoparon a través de las puertas abiertas del Oriental College; otros dos desmontaron y empezaron a correr de casa en casa. El sol, que brillaba a través del humo que salía de las copas de los árboles, parecía rojo sangre, y arrojaba una extraña luz escabrosa sobre todo.

«Quédate aquí», le dije, «estás a salvo aquí», y partí de inmediato hacia el «Perro manchado», pues sabía que el propietario tenía un coche y un caballo. Corrí, pues en un momento todo el mundo de este lado de la colina se pondría en movimiento. Lo encontré en su bar, sin darse cuenta de lo que ocurría detrás de su casa. Un hombre estaba de espaldas a mí, hablándole.

«Quiero una libra», dijo el propietario, «y no tengo a nadie que lo lleve».

«Te daré dos», dije, por encima del hombro del desconocido.

«¿Para qué?».

«Y lo traeré de vuelta a medianoche», dije.

«¡Dios!», dijo el propietario, «¿a qué viene tanta prisa? Estoy vendiendo un cerdo. Dos libras, ¿y lo traes de vuelta? ¿Qué es eso?».

Me apresuré a explicar que tenía que dejar mi casa y logré alquilar el vehículo. En aquel momento no me pareció tan urgente que el propietario dejara la suya. Me aseguré de obtener el carro inmediatamente, lo conduje por el camino y, dejándolo a cargo de mi mujer y la criada, me apresuré a entrar en mi casa y empaqué unos cuantos objetos de valor, la platería que teníamos, etc. Las hayas que había debajo de la casa ardían mientras yo hacía esto, y los palos de la carretera brillaban al rojo vivo. Mientras estaba ocupado en esto, uno de los húsares llegó corriendo. Iba de casa en casa, advirtiendo a la gente que se fuera. Él seguía avanzando mientras yo salía por la puerta de mi casa, cargando mis tesoros envueltos en un mantel. Grité tras él:

«¿Qué novedades hay?».

Se volvió, miró fijamente, berreó algo sobre «salen arrastrándose de una cosa como una tapa de plato», y corrió hacia la puerta de la casa en la cresta. Un repentino remolino de humo negro que atravesaba la carretera le ocultó por un momento. Corrí a la puerta de mi vecino y golpeé para convencerme de lo que ya sabía, que su esposa se había ido a Londres con él y había cerrado su casa. Volví a entrar, de acuerdo con mi promesa, para coger la caja de mi criada, la saqué, la coloqué junto a ella en la cola del carro, y luego cogí las riendas y salté al asiento del conductor junto a mi mujer. En un momento más, nos alejamos del humo y del ruido, y bajamos por la ladera opuesta de Maybury Hill hacia Old Woking.

Delante había un paisaje tranquilo y soleado, un campo

de trigo a ambos lados de la carretera y la posada «Maybury» con su cartel oscilante. Vi el carro del médico delante de mí. Al pie de la colina giré la cabeza para mirar la ladera que dejaba. Gruesos hilos de humo negro con hilos de fuego rojo se elevaban en el aire quieto y arrojaban sombras oscuras sobre las verdes copas de los árboles hacia el este. El humo se extendía ya muy lejos, hacia el este y el oeste, hasta los pinares de Byfleet, al este, y hasta Woking, al oeste. La carretera estaba salpicada de gente que corría hacia nosotros. Y muy débilmente ahora, pero muy claro a través del aire caliente y silencioso, se oía el zumbido de una ametralladora que se apagaba enseguida, y un chasquido intermitente de rifles. Al parecer, los marcianos estaban prendiendo fuego a todo lo que estaba al alcance de sus Rayos de Calor.

No soy un conductor experto, y tuve que dedicar inmediatamente mi atención al caballo. Cuando volví a mirar hacia atrás, la segunda colina había ocultado el humo negro. Golpeé al caballo con la fusta y le di rienda suelta hasta que Woking y Send se interpusieron entre nosotros y aquel tumulto tembloroso. Alcancé y adelanté al doctor entre Woking y Send.

X — EN LA TORMENTA

Leatherhead está a unas doce millas de Maybury Hill. El aroma del heno flotaba en el aire a través de los exuberantes prados más allá de Pyrford, y los setos a ambos lados eran agradables y alegres con multitud de rosas silvestres. El intenso tiroteo que había estallado mientras bajábamos por Maybury Hill cesó tan bruscamente como había empezado, dejando la noche muy tranquila y silenciosa. Llegamos a Leatherhead sin contratiempos a eso de las nueve, y el caballo tuvo una hora de descanso mientras yo cenaba con mis primos y encomendaba a mi esposa a sus cuidados.

Mi esposa guardó un curioso silencio durante todo el trayecto, y parecía oprimida por los malos presentimientos. Le hablé para tranquilizarla, indicándole que los marcianos estaban atados al pozo por la pura pesadez, y que a lo sumo podrían salir de él arrastrándose un poco; pero sólo me respondió con monosílabos. Si no hubiera sido por mi promesa al posadero, creo que me habría instado a quedarme en Leatherhead aquella noche. ¡Ojalá lo hubiera hecho! Recuerdo que su rostro estaba muy blanco cuando nos separamos.

Por mi parte, había estado febrilmente excitado todo el día. Se me había metido en la sangre algo muy parecido a la fiebre de guerra que de vez en cuando recorre una comunidad civilizada, y en mi corazón no lamentaba tanto tener que volver a Maybury aquella noche. Incluso temía que aquella última descarga que había escuchado pudiera significar el exterminio de nuestros invasores de Marte. Puedo expresar mejor mi estado de ánimo diciendo que quería estar en el momento de la muerte.

Eran casi las once cuando emprendí el regreso. La noche estaba inesperadamente oscura; a mí, saliendo del pasillo iluminado de la casa de mis primos, me pareció realmente negra, y era tan calurosa y pesada como el día. Por encima, las nubes se movían con rapidez, aunque ni un soplo agitaba los arbustos que nos rodeaban. El criado de mis primos encendió ambas lámparas. Felizmente, yo conocía el camino a la perfección. Mi mujer se quedó bajo la luz de la puerta y me observó hasta que subí al carro. Entonces, bruscamente, se dio la vuelta y entró, dejando a mis primos uno al lado del otro deseándome buena suerte.

Al principio estaba un poco deprimido ya que mi esposa me había contagiado sus temores, pero muy pronto mis pensamientos volvieron a los marcianos. En ese momento carecía por completo de información sobre el desarrollo del combate de la noche. Ni siquiera conocía las circunstancias que habían precipitado el conflicto. Al pasar por Ockham (ya que ése era mi camino de regreso, y no a través de Send y Old Woking) vi a lo largo del horizonte, al oeste, un resplandor de color rojo sangre que, a medida que me acercaba, subía lentamente por el cielo. Las nubes de la tormenta que se avecinaba se mezclaban con masas de humo negro y rojo.

Ripley Street estaba desierto y, salvo alguna ventana iluminada, el pueblo no daba señales de vida; pero me libré por poco de un accidente en la esquina de la carretera a Pyrford, donde un grupo de personas estaba de espaldas a mí. No me dijeron nada al pasar. No sé qué sabían de lo que ocurría más allá de la colina, ni sé si las silenciosas casas que pasé en mi camino dormían seguras, o estaban desiertas y vacías, o atormentadas y vigilantes contra el terror de la noche.

Desde Ripley hasta que pasé por Pyrford estuve en el valle del Wey, y el resplandor rojo quedó oculto para mí. Cuando subí la pequeña colina más allá de la iglesia de Pyrford, el resplandor volvió a aparecer, y los árboles que me rodeaban temblaron con el primer indicio de la tormenta que se cernía sobre mí. Entonces oí el repiqueteo de medianoche de la iglesia de Pyrford, detrás de mí, y luego apareció la silueta de Maybury Hill, con sus copas de árboles y tejados negros y nítidos contra el rojo.

Mientras contemplaba esto, un escabroso resplandor verde iluminaba el camino a mi alrededor y mostraba los lejanos bosques hacia Addlestone. Sentí un tirón de las riendas. Vi que las nubes que se desplazaban habían sido atravesadas como por un hilo de fuego verde, que iluminaba súbitamente su confusión y caía en el campo a mi izquierda. ¡Era la tercera estrella fugaz!

Cerca de su aparición, y cegadoramente violeta en el contraste, danzaron los primeros relámpagos de la tormenta que se avecinaba, y el trueno estalló como un cohete en lo alto. El caballo tomó el freno entre los dientes y salió disparado.

Una pendiente moderada corre hacia el pie de la colina de Maybury, y por ella bajamos con estrépito. Una vez que comenzaron los relámpagos, se sucedieron con la mayor rapidez que jamás he visto. Los truenos, que se sucedían unos a otros y tenían un extraño acompañamiento crepitante, parecían más el funcionamiento de una gigantesca máquina eléctrica que las habituales reverberaciones detonantes. La luz parpadeante era cegadora y confusa, y un fino granizo me golpeaba con fuerza la cara mientras bajaba la pendiente.

Al principio no veía más que la carretera que tenía ante mí, y de repente mi atención se vio interrumpida por algo que se movía rápidamente por la ladera opuesta de Maybury Hill. Al principio lo tomé por el tejado mojado de una casa, pero un destello tras otro demostró que se trataba de un rápido movimiento rodante. Fue una visión evasiva: un momento de desconcertante oscuridad, y luego, en un destello como la luz del día, las masas rojas del Orfanato cerca de la cima de la colina, las verdes copas de los pinos y este problemático objeto se mostraron claros, nítidos y brillantes.

¡Y esta Cosa que vi! ¿Cómo puedo describirla? Un trípode monstruoso, más alto que muchas casas, que pasaba por encima de los pinos jóvenes y los destrozaba en su carrera; una máquina andante de metal reluciente que atravesaba el brezo; cuerdas articuladas de acero que colgaban de él, y el estruendo de su paso se mezclaba con el alboroto del trueno. Un relámpago, y apareció vívidamente, escorándose hacia un lado con dos pies en el aire, para desaparecer y reaparecer casi instantáneamente, con el siguiente relámpago, cien yardas más cerca. ¿Se imaginan un taburete de ordeñar inclinado y lanzado violentamente por el suelo? Esa era la impresión que daban esos destellos instantáneos. Pero en lugar de un taburete de ordeñar, imagínense un gran cuerpo de maquinaria sobre un trípode.

Entonces, de repente, los árboles del pinar que tenía delante se separaron, como se separan los juncos quebradizos cuando un hombre los atraviesa; se partieron y se lanzaron de cabeza, y apareció un segundo trípode enorme que se precipitaba, según parecía, de cabeza hacia mí. ¡Y yo galopaba rápidamente para alcanzarlo! Al ver el segundo monstruo perdí completamente el valor. Sin detenerme a mirar de nuevo, giré bruscamente la cabeza del caballo hacia la derecha y en un momento el carro volcó sobre el caballo; las varas chocaron ruidosamente, y yo salí despedido hacia un lado y caí pesadamente en un charco de agua poco profundo.

Me arrastré saliendo del carro casi inmediatamente y me agaché, con los pies todavía en el agua, debajo de un macizo de tojo. El caballo yacía inmóvil (tenía el cuello roto la pobre bestia) y gracias a los destellos de los relámpagos vi el bulto negro del carro volcado y la silueta de la rueda que seguía girando lentamente. A continuación, el colosal mecanismo pasó a mi lado a grandes zancadas, y siguió cuesta arriba hacia Pyrford.

Vista de cerca, la Cosa era increíblemente extraña, pues no era una simple máquina insensible que seguía su camino automáticamente. Sí que era una máquina, con un ritmo metálico resonante, y tenía largos tentáculos flexibles y brillantes (uno de los cuales agarraba un joven pino) que se balanceaban y traqueteaban alrededor de su extraño cuerpo. Elegía su camino mientras avanzaba a grandes zancadas, y la capucha de bronce que lo coronaba se movía de un lado a otro con la inevitable sugerencia de una cabeza que miraba a su alrededor. Detrás del cuerpo principal había una enorme masa de metal blanco, como una gigantesca cesta de pescador, y bocanadas de humo verde salían de las articulaciones de las extremidades cuando el monstruo pasó a mi lado. En un instante desapareció.

Eso es lo que vi entonces, todo vagamente debido al parpadeo de los relámpagos, en luces cegadoras y densas sombras negras.

Al pasar, lanzó un exultante y ensordecedor aullido que ahogó los truenos: «¡Alú! ¡Alú!», y al minuto siguiente estaba con su compañero, a media milla de distancia, inclinándose sobre algo en el campo. No tengo duda de que esta Cosa en el campo era el tercero de los diez cilindros que nos habían disparado desde Marte.

Durante algunos minutos me quedé allí, bajo la lluvia y en la oscuridad, observando, con la luz intermitente, a estos monstruosos seres de metal que se movían a lo lejos por encima de los setos. Comenzaba a caer un fino granizo, y a medida que éste iba y venía sus figuras se empañaban y luego volvían a brillar con claridad. De vez en cuando se producía un intervalo entre los relámpagos, y la noche se los tragaba.

Estaba empapado de granizo por encima y de agua del charco por debajo. Pasó algún tiempo antes de que mi inexpresivo asombro me permitiera forcejear hacia la orilla hasta un lugar más seco, o que pudiera pensar en mi inminente peligro.

No muy lejos de mí había una pequeña cabaña de madera de una sola habitación, rodeada de un huerto de patatas. Me puse en pie con dificultad y, agachado y aprovechando cualquier posibilidad de cobertura, corrí hacia ella. Golpeé la puerta, pero no pude hacer que la gente me oyera (si es que había gente dentro), y después de un tiempo desistí, y, aprovechando una zanja para hacer la mayor parte del camino, logré arrastrarme sin ser observado por estas monstruosas máquinas hacia el bosque de pinos en dirección a Maybury.

Al amparo de esto seguí adelante, mojado y temblando ahora, hacia mi propia casa. Caminé entre los árboles tratando de encontrar el sendero. El bosque estaba muy oscuro, pues los relámpagos eran cada vez menos frecuentes y el granizo, que caía a raudales, se precipitaba en columnas a través de los huecos del espeso follaje.

Si me hubiera dado cuenta del significado de todo lo que había visto, habría vuelto inmediatamente por Byfleet hasta Street Cobham para volver a reunirme con mi esposa en Leatherhead. Pero aquella noche la extrañeza de las cosas que me rodeaban y mi desdicha física me lo impidieron, pues estaba magullado, cansado, mojado hasta los huesos, ensordecido y cegado por la tormenta.

Tenía una vaga idea de seguir hasta mi propia casa, y ése era todo el motivo que tenía. Me tambaleé entre los árboles, caí en una zanja y me lastimé las rodillas contra un tablón, y finalmente salpiqué el sendero que bajaba desde el College Arms. Digo salpicar, porque el agua de la tormenta arrastraba la arena colina abajo en un torrente de barro. Allí, en la oscuridad, un hombre tropezó conmigo y me hizo retroceder.

Lanzó un grito de terror, se echó a un lado y huyó antes de que yo pudiera reunir el suficiente ánimo como para hablarle. Tan fuerte era la tensión de la tormenta en este lugar que tuve una ardua tarea para hacer mi camino hacia la colina. Me acerqué a la valla de la izquierda y me abrí paso ayudado por sus postes.

Cerca de la cima tropecé con algo blando y, gracias a un relámpago, vi entre mis pies un montón de telas negras y un par de botas. Antes de que pudiera distinguir claramente cómo yacía el hombre, el destello de luz había pasado. Me quedé junto a él esperando el siguiente destello. Cuando llegó, vi que era un hombre robusto, vestido de forma barata pero no desaliñada; tenía la cabeza doblada bajo el cuerpo y yacía arrugado cerca de la valla como si hubiera sido arrojado violentamente contra ella.

Superando la repugnancia natural de quien nunca había tocado un cadáver, me agaché y le di la vuelta para palpar su corazón. Estaba completamente muerto. Al parecer, se había roto el cuello. El relámpago brilló por tercera vez y su rostro apareció repentinamente. Me puse en pie de un salto. Era el propietario del «Perro manchado», cuyo vehículo yo había tomado.

Pasé por encima de él con cautela y seguí subiendo la colina. Pasé por la comisaría de policía y el College Arms en dirección a mi propia casa. No había nada ardiendo en la ladera, aunque desde el campo abierto seguía llegando un resplandor rojo y un tumulto de humo rojizo que golpeaba contra el granizo. Por lo que pude ver por los destellos, las casas que me rodeaban estaban en su mayoría intactas. Junto al College Arms, un oscuro montón yacía en el camino.

En el camino hacia el puente de Maybury se oían voces y el sonido de unos pies, pero no tuve el valor de gritar ni de ir hacia ellos. Entré con mi llave, cerré la puerta con llave y eché el cerrojo, me tambaleé al pie de la escalera y me senté. Mi imaginación estaba llena de aquellos monstruos metálicos que daban zancadas, y del cadáver aplastado contra la valla.

Me agaché al pie de la escalera con la espalda pegada a la pared, temblando violentamente.

XI – EN LA VENTANA

Ya he dicho que mis explosiones de emoción tienen el hábito de agotarse. Al cabo de un rato descubrí que tenía frío y estaba mojado; había pequeños charcos de agua a mi alrededor en la alfombra de la escalera. Me levanté casi mecánicamente, fui al comedor y bebí un poco de whisky y luego me dispuse a cambiarme de ropa.

Después de hacerlo, subí a mi estudio, pero no sé por qué lo hice. La ventana de mi estudio da a los árboles y al ferrocarril en dirección a Horsell Common. Con la prisa de nuestra partida, esta ventana había quedado abierta. El pasillo estaba oscuro y, contrastando con el cuadro encerrado por el marco de la ventana, el lado de la habitación parecía impenetrablemente oscuro. Me detuve en el umbral de la puerta.

La tormenta eléctrica había pasado. Las torres del Oriental College y los pinos que lo rodeaban habían desaparecido, y a lo lejos, iluminado por un vívido resplandor rojo, se veía el campo abierto alrededor de los arenales. A través de la luz, enormes formas negras, grotescas y extrañas, se movían afanosamente de un lado a otro.

Parecía, en efecto, que toda la región en aquella dirección estaba en llamas: una amplia ladera con diminutas lenguas de fuego, que se balanceaban y retorcían con las ráfagas de la tormenta que agonizaba y que arrojaban un reflejo rojo sobre el manto de nubes que había encima. De vez en cuando, una neblina de humo procedente de alguna conflagración más cercana atravesaba la ventana y ocultaba las formas marcianas. No podía ver lo que estaban haciendo, ni su forma claramente, ni reconocer los objetos negros de los que se ocupaban. Tampoco pude ver el fuego más cercano, aunque sus reflejos danzaban en la pared y el techo del estudio. En el aire se percibía un fuerte y resinoso olor a quemado.

Cerré la puerta sin hacer ruido y me arrastré hacia la ventana. Al hacerlo, la vista se abrió hasta alcanzar, por un lado, las casas de la estación de Woking y, por otro, los pinares carbonizados y ennegrecidos de Byfleet. Había una luz bajo la colina, sobre el ferrocarril, cerca del arco, y varias de las casas a lo largo de la carretera de Maybury y de las calles cercanas a la estación estaban en ruinas. La luz sobre la vía férrea me desconcertó al principio; se veía un montón negro y un vivo resplandor, y a la derecha de éste una hilera de formas oblongas amarillas. Luego me di cuenta de que se trataba de un tren destrozado, con la parte delantera hecha añicos y en llamas, los vagones traseros todavía estaban sobre los rieles.

Entre estos tres centros principales de luz —las casas, el tren y el campo en llamas hacia Chobham— se extendían manchas irregulares de tierra oscura, interrumpidas aquí y allá por intervalos de tierra tenuemente brillante y humeante. Era el espectáculo más extraño, esa extensión negra y en llamas. Me recordaba, más que nada, a las Potteries de noche. Al principio no pude distinguir a ninguna persona, aunque miré atentamente en busca de ello. Más tarde vi, a contraluz con la estación de Woking, varias figuras negras que se apresuraban una tras otra a cruzar la línea.

¡Y este era el pequeño mundo en el que había vivido con seguridad durante años, este caos ardiente! Todavía no sabía lo que había sucedido en las últimas siete horas; tampoco sabía, aunque empezaba a adivinar, la relación entre estos colosos mecánicos y los bultos perezosos que había visto vomitados del cilindro. Con una extraña sensación de interés impersonal, giré la silla de mi escritorio hacia la ventana, me senté y contemplé el país ennegrecido y, en particular, las tres gigantescas cosas negras que iban y venían en el resplandor de los fosos de arena.

Parecían increíblemente ocupados. Empecé a preguntarme qué podían ser. ¿Eran mecanismos inteligentes? Tal cosa me parecía imposible. ¿O acaso un marciano estaba sentado dentro de cada uno de ellos, gobernando, dirigiendo, utilizando, de la misma manera que el cerebro de un hombre se sienta y gobierna en su cuerpo? Empecé a comparar las cosas con las máquinas humanas, a preguntarme por primera vez en mi vida qué le parecería un acorazado o una máquina de vapor a un animal inteligente inferior.

La tormenta había dejado el cielo despejado y, sobre el humo de la tierra en llamas, el luminoso punto que es Marte se desvanecía en el oeste, cuando un soldado entró en mi jardín. Oí un leve roce en la valla, y despertándome del letargo que me había invadido, miré hacia abajo y lo vi vagamente, trepando por los postes. Al ver a otro ser humano se me pasó el letargo y me asomé a la ventana con avidez.

«¡Hey!», dije en un susurro.

Se detuvo a horcajadas sobre la valla en señal de duda. Luego se acercó y cruzó el césped hasta la esquina de la casa. Se agachó y pisó suavemente.

«¿Quién está ahí?», dijo, también susurrando, poniéndose bajo la ventana y mirando hacia arriba.

«¿Adónde vas?», pregunté.

«Sólo Dios sabe».

«¿Intentas esconderte?».

«Eso es».

«Entra en la casa», dije.

Bajé, destrabé la puerta, le dejé entrar y volví a cerrar la puerta. No pude verle la cara. Él no tenía sombrero y tenía el abrigo desabrochado.

«¡Dios mío!», dijo, cuando le hice entrar.

«¿Qué ha pasado?», le pregunté.

«¿Qué no ha pasado?». En la oscuridad pude ver que hizo un gesto de desesperación. «Nos han aniquilado... simplemente nos han aniquilado», repetía una y otra vez.

Me siguió, casi mecánicamente, hasta el comedor.

«Toma un poco de whisky», le dije, sirviendo una buena dosis.

Se lo bebió. Luego, bruscamente, se sentó ante la mesa, apoyó la cabeza en los brazos y comenzó a sollozar y a llorar como un niño, en una perfecta pasión de la emoción, mientras yo, con un curioso olvido de mi propia desesperación reciente, permanecía a su lado, maravillado.

Pasó mucho tiempo antes de que pudiera templar sus nervios para responder a mis preguntas, y cuando lo logró contestó de manera perpleja y entrecortada. Era conductor de la artillería y sólo había entrado en acción hacia las siete. En ese momento había disparos a través del campo abierto y se decía que el primer grupo de marcianos se arrastraba lentamente hacia su segundo cilindro al amparo de un escudo metálico.

Más tarde, este escudo se tambaleó sobre las patas del trípode y se convirtió en la primera de las máquinas de combate que yo había visto. El cañón que él transportaba había sido colocado cerca de Horsell, para dominar los fosos de arena, y su llegada fue lo que precipitó la acción. Mientras los artilleros de la unidad se dirigían a la retaguardia, su caballo tropezó en una madriguera y se vino abajo, arrojándolo a una depresión del terreno. En el mismo momento, el cañón explotó detrás de él, la munición estalló, hubo fuego a su alrededor, y él se encontró tumbado bajo un montón de hombres y caballos muertos, carbonizados.

«Me quedé quieto», dijo, «muerto de miedo, con el cuarto delantero de un caballo encima de mí. Habíamos sido aniquilados. Y el olor... ¡Dios mío! Como a carne quemada. La caída del caballo me hirió en la espalda y tuve que quedarme allí hasta que me sentí mejor. Un momento antes era como si hubiéramos estado desfilando, luego un tropezón y ¡pum, pum!».

«¡Aniquilados!», dijo.

Se había escondido bajo el caballo muerto durante mucho tiempo, asomándose furtivamente al campo abierto. Los hombres de Cardigan habían intentado una avanzada en forma de escaramuza pero, contra el foso, fueron simplemente barridos de la existencia. Entonces el monstruo se había puesto en pie y había comenzado a caminar tranquilamente de un lado a otro del campo abierto entre los pocos fugitivos, con su capucha en forma de cabeza que giraba exactamente como la cabeza de un ser humano encapuchado. Una especie de brazo llevaba una complicada caja metálica, alrededor de la cual centelleaban destellos verdes, y del embudo de ésta salía el Rayo de Calor.

En pocos minutos, por lo que el soldado pudo ver, no quedaba ni un ser vivo en el campo abierto, y todos los arbustos y árboles que no eran ya un esqueleto ennegrecido estaban ardiendo. Los húsares habían estado en el camino más allá de la curvatura del terreno, y no vio nada de ellos. Oyó el traqueteo de los Maxims durante un tiempo y luego todo estuvo quieto. El gigante dejó a salvo la estación de Woking y su grupo de casas hasta el final; entonces, en un momento, el Rayo de Calor se puso en marcha y la ciudad se convirtió en un montón de ruinas ardientes. Luego la Cosa apagó el Rayo de Calor y, dando la espalda al artillero, comenzó a alejarse hacia el bosque de pinos ardientes que albergaba el segundo cilindro. Mientras lo hacía, un segundo Titán reluciente salió de la fosa.

El segundo monstruo siguió al primero, y en ese momento el artillero comenzó a arrastrarse con mucha cautela por la ceniza de brezo caliente hacia Horsell. Consiguió meterse con vida en la zanja al lado de la carretera, y así escapó hasta Woking. Allí su historia se volvió jaculatoria. El lugar era intransitable. Parece que había unas pocas personas vivas allí, frenéticas en su mayoría y muchas quemadas y escaldadas. El fuego lo desvió y se escondió entre unos montones de escombros, casi abrasados, mientras uno de los gigantes marcianos regresaba. Vio cómo éste perseguía a un hombre, lo atrapaba con uno de sus acerados tentáculos y le golpeaba la cabeza contra el tronco de un pino. Por fin, al anochecer, el artillero se apresuró y pasó el terraplén del ferrocarril.

Desde entonces había estado merodeando hacia Maybury, con la esperanza de salir del peligro hacia Londres. La gente se escondía en trincheras y sótanos, y muchos de los supervivientes se habían alejado hacia el pueblo de Woking y hacia Send. La sed le había consumido hasta que encontró una de las tuberías de agua cerca del arco del ferrocarril destrozada, y el agua brotaba como un manantial sobre la carretera.

Esa fue la historia que me contó, poco a poco. Se fue tranquilizando al contarme y al tratar de hacerme ver las cosas que había visto. No había comido nada desde el mediodía, me dijo al principio de su relato, y yo encontré algo de cordero y pan en la despensa y lo llevé a la habitación. No encendimos ninguna lámpara por miedo a atraer a los marcianos, y de vez en cuando nuestras manos se tocaban al tomar el pan o la carne. Mientras hablaba, las cosas que nos rodeaban emergían de la oscuridad, y los arbustos pisoteados y los rosales rotos que había fuera de la ventana se distinguían. Parecía que varios hombres o animales habían pasado corriendo por el césped. Empecé a ver el rostro del artillero, ennegrecido y demacrado, como sin duda lo estaba también el mío.

Cuando terminamos de comer subimos despacio a mi estudio, y volví a mirar por la ventana abierta. En una noche el valle se había convertido en un valle de cenizas. Los incendios habían disminuido. Donde habían estado las llamas había ahora volutas de humo; pero las innumerables ruinas de casas destrozadas y los árboles destruidos y ennegrecidos que la noche había ocultado se destacaban ahora arruinados y terribles a la luz despiadada del amanecer. Sin embargo, aquí y allá algún objeto había tenido la suerte de escapar: una señal de ferrocarril blanca aquí, el extremo de un invernadero allá, blanco y fresco entre los escombros. Nunca antes en la historia de la guerra la destrucción había sido tan indiscriminada y universal. Y brillando con la creciente luz del este, tres de los gigantes metálicos se situaron alrededor del foso, con sus capuchas girando como si estuvieran inspeccionando la desolación que habían causado.

Me pareció que la fosa se había agrandado, y una y otra vez bocanadas de vívido vapor verde subían y salían de ella hacia el brillante amanecer; subían, giraban, se rompían y desaparecían.

Más allá estaban las columnas de fuego en torno a Cobham. Se convirtieron en pilares de humo sanguinolento al despuntar el día.

XII — LO QUE VI DE LA DESTRUCCIÓN DE WEYBRIDGE Y SHEPPERTON

Cuando el amanecer se hizo más brillante, nos retiramos de la ventana desde la que habíamos observado a los marcianos, y bajamos las escaleras en silencio.

El artillero coincidió conmigo en que la casa no era un lugar para quedarse. Propuso seguir su camino hacia Londres y desde allí reunirse con su batería, la número 12 de la Artillería de Caballería. Mi plan era regresar de inmediato a Leatherhead; y tanto me había impresionado la fuerza de los marcianos que había decidido llevar a mi esposa a Newhaven e ir con ella fuera del país inmediatamente. Porque ya percibía claramente que el territorio alrededor de Londres debía ser inevitablemente el escenario de una lucha desastrosa antes de que criaturas como éstas pudieran ser destruidas.

Sin embargo, entre nosotros y Leatherhead se encontraba el tercer cilindro, con sus gigantes guardianes. Si hubiera estado solo, creo que habría aprovechado la oportunidad y habría arremetido a través del terreno. Pero el artillero me disuadió: «No es justo para con tu esposa», dijo, «dejarla viuda»; y al final accedí a ir con él, al amparo de los bosques, hacia el norte, hasta Street Cobham, antes de separarme de él. Desde allí daría un gran rodeo por Epsom para llegar a Leatherhead.

Debería haberme puesto en marcha de inmediato, pero mi compañero había estado en el servicio activo y sabía más que nadie. Me hizo saquear la casa en busca de una petaca, que llenó de whisky, y llenamos todos los bolsillos disponibles con paquetes de galletas y trozos de carne. Luego salimos a hurtadillas de la casa y corrimos tan rápido como pudimos por el camino mal hecho por el que yo había venido durante la noche. Las casas parecían desiertas. En el camino yacía un grupo de tres cuerpos carbonizados muy juntos, golpeados por el Rayo de Calor; y aquí y allá había cosas que la gente había dejado caer: un reloj, una zapatilla, una cuchara de plata y otros objetos de valor. En la esquina que daba a la oficina de correos, un pequeño carro, lleno de cajas y muebles y sin caballo, se inclinaba sobre una rueda rota. Una caja de caudales había sido abierta apresuradamente y arrojada bajo los escombros.

Salvo el albergue del Orfanato, que seguía en llamas, ninguna de las casas había sufrido mucho aquí. El Rayo de Calor había afeitado las cimas de las chimeneas y había pasado. Sin embargo, salvo nosotros, no parecía haber ni un alma en Maybury Hill. La mayoría de los habitantes habían escapado, supongo, por el camino de Old Woking —el camino que yo había tomado cuando fui a Leatherhead— o se habían escondido.

Bajamos por el carril, junto al cuerpo del hombre de negro, empapado ahora por el granizo de la noche, y nos adentramos en el bosque al pie de la colina. Atravesamos estos bosques en dirección al ferrocarril sin encontrarnos con nadie. Los bosques del otro lado de la línea no eran más que ruinas cicatrizadas y ennegrecidas; la mayor parte de los árboles se habían caído, pero una cierta proporción seguía en pie, con tallos grises y lúgubres, con un follaje marrón oscuro en lugar de verde.

Por nuestro lado, el fuego no había hecho más que quemar los árboles más cercanos; no había conseguido afianzar su posición. En un lugar los leñadores habían estado trabajando el sábado; los árboles, talados y recién cortados, yacían en un claro, con montones de serrín junto a la máquina de aserrar y su motor. Muy cerca de allí había una cabaña provisional, desierta. Esta mañana no había ni un soplo de viento y todo estaba extrañamente tranquilo. Incluso los pájaros estaban callados, y mientras nos apresurábamos, el artillero y yo hablábamos en susurros y mirábamos de vez en cuando por encima del hombro. Una o dos veces nos detuvimos a escuchar.

Al cabo de un rato nos acercamos a la carretera, y al hacerlo oímos el ruido de cascos y vimos a través de los troncos de los árboles a tres soldados de caballería que cabalgaban lentamente hacia Woking. Los saludamos y se detuvieron mientras nos apresurábamos hacia ellos. Eran un teniente y un par de soldados rasos del Octavo de Húsares, con un soporte parecido a un teodolito, que el artillero me dijo que era un heliógrafo.

«Ustedes son los primeros hombres que he visto venir por aquí esta mañana», dijo el teniente. «¿Qué está sucediendo?».

Su voz y su rostro lo mostraban ansiosos. Los hombres que estaban detrás de él lo miraban con curiosidad. El artillero saltó por la orilla hasta la carretera y saludó.

«Arma destruida anoche, señor. He estado escondido. Intentando volver a la batería, señor. Se encontrará con los marcianos, supongo, a media milla por este camino».

«¿Cómo son?», preguntó el teniente.

«Gigantes con armadura, señor. Cien pies de altura. Tres piernas y un cuerpo como de aluminio, con una gran cabeza con capucha, señor».

«¡Cállese!», dijo el teniente. «¡Qué tonterías!».

«Ya verá, señor. Llevan una especie de caja, señor, que dispara fuego y lo fulmina».

«¿Qué quiere decir... con una pistola?».

«No, señor», y el artillero comenzó un vívido relato del Rayo de Calor. A mitad de camino, el teniente le interrumpió y me miró. Yo seguía de pie al costado de la carretera.

«Es perfectamente cierto», dije.

«Bueno», dijo el teniente, «supongo que también es asunto mío verlo. Mira», le dije al artillero, «estamos aquí desalojando a la gente de sus casas. Será mejor que vaya y se presente ante el general de brigada Marvin y le cuente todo lo que sabe. Está en Weybridge. ¿Conoce el camino?».

«Sí, yo lo conozco», dije; y él volvió a girar su caballo hacia el sur.

«¿Media milla, dice?», dijo.

«Como mucho», respondí, y señalé por encima de las copas de los árboles hacia el sur. Me dio las gracias y siguió cabalgando, y ya no los vimos más.

Más adelante nos encontramos con un grupo de tres mujeres y dos niños en la carretera, ocupados en limpiar la casa de un trabajador. Habían conseguido una pequeña carretilla de mano y la estaban apilando con bultos de aspecto sucio y muebles raídos. Estaban demasiado ocupados como para hablar con nosotros al pasar.

En la estación de Byfleet salimos de entre los pinos, y encontramos una región tranquila y pacífica bajo la luz del sol de la mañana. Estábamos mucho más allá del alcance del Rayo de Calor allí y, si no hubiera sido por la silenciosa deserción de algunas de las casas, el agitado movimiento de embalaje en otras, y el grupo de soldados de pie en el puente sobre el ferrocarril y mirando la línea hacia Woking, el día habría sido muy similar a cualquier otro domingo.

Varios carros y carretas se movían chirriantes a lo largo de la carretera de Addlestone, y de repente, a través de la puerta de un campo, vimos, en una extensión de pradera plana, seis cañones de doce libras colocados ordenadamente a igual distancia apuntando hacia Woking. Los artilleros estaban junto a los cañones esperando y los carros de municiones estaban a una distancia prudencial. Los hombres permanecían casi como si estuvieran bajo inspección.

«¡Eso está bien!», dije. «En todo caso, tendrán un tiro preciso».

El artillero dudó ante la entrada.

«Seguiré viaje», dijo.

Más adelante, en dirección a Weybridge, justo al otro lado del puente, había varios hombres con chaquetas blancas de fatiga que levantaban una larga muralla y más armas detrás.

«Son arcos y flechas contra el relámpago, de todos modos», dijo el artillero. «Todavía no han visto ese Rayo de Fuego».

Los oficiales que no participaban activamente se quedaron mirando por encima de las copas de los árboles hacia el suroeste, y los hombres que cavaban se detenían de vez en cuando para mirar en la misma dirección.

Byfleet estaba alborotado; la gente empacaba y una veintena de húsares, algunos desmontados y otros a caballo, los perseguían. Tres o cuatro carros negros del gobierno, con cruces en círculos blancos, y un viejo ómnibus, entre otros vehículos, estaban siendo cargados en la calle del pueblo. Había decenas de personas, la mayoría de ellas lo suficientemente sabáticas como para haberse puesto sus mejores ropas. Los soldados tenían grandes dificultades para hacerles comprender la gravedad de su posición. Vimos a un viejo arrugado con una enorme caja y una veintena de macetas con orquídeas, discutiendo airadamente con el cabo que las dejaba atrás. Me detuve y le agarré del brazo.

«¿Sabes lo que hay allí?», dije, señalando las copas de los pinos que ocultaban a los marcianos.

«¿Eh?», dijo él, volviéndose. «Estaba explicando que estas son valiosas...».

«¡La muerte!», grité. «¡Viene la muerte! ¡La muerte!», y dejándole que digiriera eso si podía, me apresuré a seguir al artillero. En la esquina miré hacia atrás. El soldado lo había dejado, y seguía de pie junto a su caja, con las macetas de orquídeas en la tapa de la misma, y mirando vagamente por encima de los árboles.

Nadie en Weybridge pudo decirnos dónde estaba establecido el cuartel general; todo el lugar estaba en una confusión como nunca había visto en ninguna ciudad. Carros, carruajes por todas partes, la más asombrosa miscelánea de medios de transporte y carne de caballo. Los respetables habitantes del lugar, los hombres con trajes de golf y de navegación, las esposas bellamente vestidas, hacían las maletas; los holgazanes de la orilla del río ayudaban enérgicamente, los niños estaban excitados y, en su mayoría, sumamente encantados con esta asombrosa variación de sus experiencias dominicales. En medio de todo ello, el digno vicario estaba celebrando con mucho tino una ceremonia temprana y su campana tintineaba por encima de la excitación.

El artillero y yo, sentados en el borde de la fuente, tuvimos una comida muy pasable con lo que habíamos traído. Patrullas de soldados —aquí ya no eran húsares, sino granaderos vestidos de blanco— advertían a la gente que se desplazara ahora o que se refugiara en sus sótanos en cuanto empezara el fuego. Al cruzar el puente del ferrocarril vimos que una creciente multitud de personas se había reunido en la estación y en sus alrededores, y que el andén, lleno de gente, estaba repleto de cajas y paquetes. El tráfico ordinario se había detenido, creo, para permitir el paso de las tropas y las armas a Chertsey, y escuché posteriormente que se había producido una lucha salvaje por las plazas en los trenes especiales que se pusieron en marcha a una hora más tardía.

Permanecimos en Weybridge hasta el mediodía y a esa hora nos encontramos en el lugar cercano a la esclusa de Shepperton donde se unen el Wey y el Támesis. Parte del tiempo lo dedicamos a ayudar a dos ancianas a preparar un pequeño carro. El Wey tiene una triple desembocadura y en este punto se alquilan barcas, también había un transbordador que cruzaba el río. En el lado de Shepperton había una posada con césped y más allá la torre de la iglesia de Shepperton —que ha sido sustituida por una aguja— se elevaba por encima de los árboles.

Aquí encontramos una excitada y ruidosa multitud de fugitivos. Todavía no se había desatado el pánico de la huida, pero ya había mucha más gente de la que podían cruzar todas las barcas que iban de un lado a otro. La gente venía jadeando bajo pesadas cargas; un matrimonio llevaba incluso una pequeña puerta de cobertizo entre ellos, con algunos de sus enseres domésticos apilados sobre ella. Un hombre nos dijo que quería intentar salir de la estación de Shepperton.

Se escuchaban muchos gritos e incluso un hombre bromeaba. La idea que la gente parecía tener aquí era que los marcianos eran simplemente seres humanos formidables, que podrían atacar y saquear la ciudad, para ser ciertamente destruidos al final. De vez en cuando, la gente miraba nerviosa al otro lado del Wey, en las praderas hacia Chertsey, pero todo estaba quieto allí.

Al otro lado del Támesis, excepto donde desembarcaban los barcos, todo estaba tranquilo, en vivo contraste con el lado de Surrey. La gente que desembarcaba allí desde los barcos se alejaba por el camino. El gran transbordador acababa de hacer un viaje. Tres o cuatro soldados se encontraban sobre el césped de la posada, mirando y bromeando con los fugitivos, sin ofrecerles ayuda. La posada estaba cerrada, ya que estaba prohibido el comercio a esa hora.

«¿Qué es eso?», gritó un barquero, y «¡Cállate, tonto!», dijo un hombre cerca de mí a un perro que chillaba. Entonces el sonido volvió a sonar, esta vez en dirección a Chertsey; un golpe sordo: el sonido de un cañón.

Los combates comenzaban. Casi de inmediato, unas baterías invisibles al otro lado del río, a nuestra derecha, que no se veían a causa de los árboles, tomaron el relevo, disparando fuertemente uno tras otro. Una mujer gritó. Todo el mundo se quedó parado ante el repentino revuelo de la batalla cerca de nosotros y, sin embargo, invisible para nosotros. No se veía nada más que los prados llanos, las vacas alimentándose despreocupadamente en su mayor parte y los sauces plateados inmóviles bajo la cálida luz del sol.

«Los soldados los detendrán», dijo una mujer a mi lado, dudosa. Una neblina se elevó sobre las copas de los árboles.

Entonces, de repente, vimos una ráfaga de humo a lo lejos, río arriba; una bocanada de humo que se elevó en el aire y quedó suspendida; e inmediatamente el suelo se agitó bajo nuestros pies y una fuerte explosión sacudió el aire, rompiendo dos o tres ventanas de las casas cercanas y dejándonos atónitos.

«¡Aquí están!», gritó un hombre con una camiseta azul. «¡Allí! ¿Los ven? Allí.»

Rápidamente, uno tras otro, aparecieron uno, dos, tres, cuatro de los marcianos acorazados —a lo lejos, por encima de los arbolitos, a través de los prados planos que se extendían hacia Chertsey— dando zancadas a toda prisa hacia el río. Al principio parecían pequeñas figuras encapuchadas; avanzaban con un movimiento envolvente, tan rápido como pájaros volando.

Luego, avanzando oblicuamente hacia nosotros, llegó un quinto. Sus cuerpos blindados brillaban bajo el sol mientras avanzaban rápidamente hacia los cañones, haciéndose más grandes a medida que se acercaban. Uno de ellos, en el extremo izquierdo, el más alejado, levantó una enorme caja en el aire y el fantasmagórico y terrible Rayo de Calor que ya había visto el viernes por la noche se dirigió hacia Chertsey y alcanzó la ciudad.

A la vista de estas extrañas, veloces y terribles criaturas la multitud cercana a la orilla del agua pareció quedarse por un momento horrorizada. No hubo gritos ni alaridos, sino silencio. Luego, un ronco murmullo y un movimiento de pies: un chapoteo en el agua. Un hombre, demasiado asustado como para dejar caer el maletín que llevaba al hombro giró y me hizo tambalear golpeándome con su carga. Una mujer me empujó con la mano y cayó encima de mí. Giré debido a la prisa de la gente pero no estaba tan aterrado como para no poder pensar. El terrible Rayo de Calor estaba en mi mente. ¡Meterse bajo el agua! ¡Eso era!

«¡Métanse al agua!», grité, sin que me hicieran caso.

Volví a dar la cara y me abalancé hacia el marciano que se acercaba, me di prisa por la playa de grava y me metí de cabeza en el agua. Otros hicieron lo mismo. Una barca cargada de gente que volvía salió disparada mientras yo pasaba a toda velocidad. Las piedras bajo mis pies estaban embarradas y resbaladizas y el río estaba tan bajo que corrí tal vez veinte pies con el agua apenas hasta la cintura. Entonces, cuando el marciano se alzaba en lo alto a apenas doscientas yardas de distancia, me lancé hacia delante bajo la superficie. Los chapoteos de la gente en las barcas, saltando al río, sonaban como truenos en mis oídos. La gente desembarcaba apresuradamente a ambos lados del río. Pero la máquina marciana no prestó más atención por el momento a la gente que corría de un lado a otro que la que prestaría un hombre a la confusión de hormigas en su hormiguero contra el que ha pateado con su pie. Cuando, medio sofocado, levanté la cabeza por encima del agua, el casco del marciano apuntaba a las baterías que seguían disparando al otro lado del río y, mientras avanzaba, soltó lo que debía ser el generador del Rayo de Calor.

Un momento después se encontraba en la orilla y de una zancada vadeaba la mitad del río. Las rodillas de sus patas delanteras se doblaron en la orilla más lejana, cerca del pueblo de Shepperton, y a continuación se alzó nuevamente a su máxima altura. De inmediato, los seis cañones que, sin que nadie lo supiera, habían estado ocultos en las afueras de esa aldea en la orilla derecha dispararon simultáneamente. Las repentinas detonaciones, la última muy cerca de la primera, hicieron que mi corazón diera un salto. El monstruo ya estaba levantando la caja que generaba el Rayo de Calor cuando el primer proyectil estalló a seis yardas por encima de la capucha.

Di un grito de asombro. No vi ni pensé en los otros cuatro monstruos marcianos; mi atención estaba fijada en el incidente más cercano. Simultáneamente, otros dos proyectiles estallaron en el aire, cerca del cuerpo, mientras la capucha giraba, justo a tiempo para recibir, pero no para esquivar, el cuarto proyectil.

El proyectil estalló en la cara de la Cosa. La capucha se abultó, centelleó y salió despedida en una docena de fragmentos de carne roja y metal brillante.

«¡En el blanco!», grité yo, con algo entre un grito y una ovación.

Oí los gritos de respuesta de la gente que estaba en el agua a mi alrededor. Podría haber saltado fuera del agua a causa de la exaltación momentánea.

El coloso decapitado se tambaleó como un gigante borracho, pero no cayó. Recuperó el equilibrio de milagro y, sin prestar atención a sus pasos y con la cámara que disparaba el Rayo de Calor ahora rígidamente sujeta, se tambaleó rápidamente sobre Shepperton. La inteligencia viviente, el marciano dentro de la capucha, había muerto y había salpicado a los cuatro puntos cardinales, y la Cosa no era ahora más que un intrincado dispositivo de metal que giraba hacia su destrucción. Avanzó en línea recta, incapaz de guiarse. Chocó contra la torre de la iglesia de Shepperton, derribándola como lo hubiera hecho el impacto de un ariete, se desvió a un lado, siguió de manera torpe y se desplomó con tremenda fuerza en el río, fuera de mi vista.

Una violenta explosión sacudió el aire, y un chorro de

agua, vapor, barro y metal destrozado salió disparado hacia el cielo. Cuando la cámara del Rayo de Calor golpeó el agua, ésta se convirtió inmediatamente en vapor. A continuación, una enorme ola, como una marea fangosa, pero casi hirviendo, llegó barriendo la curva, río arriba. Vi a la gente luchando hacia la orilla, y oí sus gritos por encima del bullicio y el rugido del colapso del marciano.

Por un momento no me importó el calor, olvidé la evidente necesidad de autopreservación. Chapoteé en el agua tumultuosa, empujando a un hombre de negro para hacerlo, hasta que pude ver la curva. Media docena de barcos abandonados se lanzaban sin rumbo sobre la confusión de las olas. El marciano caído apareció a mi vista río abajo, tendido al otro lado del río, y en su mayor parte sumergido.

Gruesas nubes de vapor se desprendían de los restos, y a través de las volutas que se arremolinaban tumultuosamente pude ver, de forma intermitente y vaga, los gigantescos miembros que agitaban el agua y lanzaban al aire salpicaduras y rociaban de barro y espuma. Los tentáculos se balanceaban y golpeaban como si fueran brazos vivos y, salvo por la impotencia de estos movimientos, era como si una cosa herida luchara por su vida en medio de las olas. Enormes cantidades de un fluido marrón rojizo brotaban en ruidosos chorros desde la máquina.

Mi atención se vio desviada de esta ráfaga de muerte por un grito furioso, como el de una sirena propia a nuestras ciudades manufactureras. Un hombre, con las rodillas hundidas cerca del camino, me gritó inaudiblemente y señaló. Mirando hacia atrás, vi a los otros marcianos avanzando a pasos agigantados por la orilla del río desde la dirección de Chertsey. Los cañones de Shepperton intervinieron esta vez infructuosamente.

En ese momento me sumergí en el agua y, aguantando la respiración hasta que todo movimiento era una agonía, avancé penosamente bajo la superficie todo lo que pude. El agua era un tumulto a mi alrededor, y se calentaba rápidamente.

Cuando por un momento levanté la cabeza para tomar aliento y apartar el pelo y el agua de mis ojos, el vapor se elevaba en una niebla blanca y arremolinada que al principio ocultaba por completo a los marcianos. El ruido era ensordecedor. Luego los vi tenuemente, figuras colosales de color gris, magnificadas por la niebla. Habían pasado junto a mí, y dos se inclinaban sobre las ruinas espumosas y tumultuosas de su camarada.

El tercero y el cuarto estaban junto a él en el agua, uno quizás a doscientas yardas de mí, el otro hacia Laleham. Los generadores de los Rayos de Calor se agitaban en lo alto, y los rayos sibilantes golpeaban hacia un lado y otro.

El aire estaba lleno de sonidos, un conflicto ensordecedor y confuso de ruidos: el estruendo de los marcianos, el choque de las casas que caían, el golpe de los árboles, las vallas y los cobertizos que se incendiaban, y el crepitar y rugir del fuego. Una densa humareda negra saltaba para mezclarse con el vapor del río y, cuando el Rayo de Calor iba de un lado a otro sobre Weybridge, su impacto quedaba marcado por destellos de color blanco incandescente, que daban paso enseguida a una humeante danza de escabrosas llamas. Las casas más cercanas seguían intactas, esperando su destino, sombrías, débiles y pálidas en el vapor, con el fuego detrás de ellas yendo de un lado a otro.

Por un momento me quedé allí, con el pecho en alto en el agua casi hirviendo, aturdido en mi posición, sin poder escapar. A través del hedor pude ver a la gente que había estado conmigo en el río saliendo del agua a través de los juncos, como pequeñas ranas que se apresuraban a través de la hierba ante el avance de un hombre, corriendo de un lado a otro en el camino, totalmente consternados.

Entonces, de repente, los destellos blancos del Rayo de

Calor vinieron saltando hacia mí. Las casas se derrumbaron al disolverse ante su contacto y salieron llamas; los árboles se convirtieron en fuego con un rugido. El Rayo parpadeó arriba y abajo del camino de sirga, lamiendo a la gente que corría de un lado a otro, y bajó hasta la orilla del agua a menos de cincuenta yardas de donde yo estaba. Atravesó el río hacia Shepperton y el agua en su trayectoria se elevó en un hervidero de vapor. Me volví hacia la orilla.

En un momento, la enorme ola, casi en su punto de ebullición, se precipitó sobre mí. Grité en voz alta y escaldado, medio ciego, agonizante, me tambaleé a través del agua que saltaba y silbaba hacia la orilla. Si mi pie hubiera tropezado habría sido el fin. Caí impotente, a la vista de los marcianos, sobre el ancho y desnudo espigón de grava que baja para marcar el ángulo del Wey y el Támesis. No esperaba otra cosa más que la muerte.

Tengo un vago recuerdo del pie de un marciano bajando a una veintena de yardas de mi cabeza, clavándose directamente en la grava suelta, haciéndola girar hacia un lado y hacia otro y levantándose de nuevo; recuerdo un largo suspenso y luego los cuatro llevando los restos de su camarada entre ellos, ahora claros y luego débiles a través de un velo de humo, retrocediendo interminablemente, como me pareció, a través de un vasto espacio de río y pradera. Y entonces, muy lentamente, me di cuenta de que por un milagro había escapado.

XIII – MI ENCUENTRO POR CASUALIDAD CON EL CURA

Después de recibir esta repentina lección sobre el poder de las armas terrestres, los marcianos se retiraron a su posición original en la zona común de Horsell; y en su prisa, y cargados con los restos de su compañero destrozado, sin duda pasaron por alto a muchas víctimas extraviadas e insignificantes como yo. Si hubiesen dejado a su compañero y hubiesen seguido adelante en aquel momento no había nada entre ellos y Londres más que baterías de cañones de doce proyectiles y sin duda habrían llegado a la capital antes que las noticias de su arribo; su llegada habría sido tan repentina, terrible y destructiva como el terremoto que aniquiló Lisboa hace un siglo.

Pero no tenían prisa. Un cilindro siguió a otro en su vuelo interplanetario; cada veinticuatro horas les traían refuerzos. Y mientras tanto, las autoridades militares y navales, ahora plenamente conscientes del tremendo poder de sus antagonistas, trabajaban con furiosa energía. Cada minuto un nuevo cañón entraba en posición hasta que, antes del crepúsculo, cada bosquecillo, cada hilera de villas suburbanas en las laderas de las colinas de Kingston y Richmond, enmascaraban una boca negra expectante. Y a través de la zona carbonizada y desolada –quizás veinte millas cuadradas en total– que rodeaba el campamento marciano en la zona común de Horsell, a través de los pueblos carbonizados y arruinados entre los verdes árboles, a través de las arcadas ennegrecidas y humeantes que habían sido hace un día pinos espinosos, se arrastraron los abnegados exploradores con los heliógrafos que en ese momento iban a avisar a los artilleros de la aproximación marciana. Pero los marcianos comprendían ahora nuestro dominio de la artillería y el peligro de la proximidad humana y ningún hombre se aventuró a menos de una milla de ambos cilindros, salvo a costa de su vida.

Al parecer, estos gigantes pasaron la primera parte de la tarde yendo de un lado a otro, trasladando todo desde el segundo y el tercer cilindro —el segundo en Addlestone Golf Links y el tercero en Pyrford— a su fosa original en Horsell Common. Por encima del brezo ennegrecido y de los edificios en ruinas que se extendían a lo largo y ancho, se situó uno como centinela, mientras el resto abandonaba sus vastas máquinas de combate y descendía a la fosa. Estuvieron trabajando duro allí hasta bien entrada la noche, y la imponente columna de denso humo verde que se elevaba desde allí podía verse desde las colinas de Merrow, e incluso, según se dice, desde Banstead y Epsom Downs.

Y mientras los marcianos detrás de mí se preparaban así para su próxima salida, y frente a mí la Humanidad se reunía para la batalla, yo me abrí camino con infinitos dolores y esfuerzos desde el fuego y el humo de la ardiente Weybridge hacia Londres.

Vi una barca abandonada, muy pequeña y remota, a la deriva río abajo; y arrojando la mayor parte de mis ropas empapadas, fui tras ella, la alcancé, y así escapé de aquella destrucción. No había remos en la barca, pero me las ingenié para remar, tan bien como me lo permitían mis manos sancochadas, río abajo en dirección a Halliford y Walton, yendo muy pesadamente y mirando continuamente detrás de mí, como bien pueden comprender. Seguí el río, porque consideré que el agua me daba la mejor oportunidad de escapar en caso de que esos gigantes volvieran.

El agua caliente del derrumbe marciano me acompañó río abajo, de modo que durante la mayor parte de una milla apenas pude ver ninguna de las dos orillas. Una vez, sin embargo, distinguí una serie de figuras negras que se apresuraban a cruzar los prados desde la dirección de Weybridge. Halliford, al parecer, estaba desierta, y varias de las casas que daban al río estaban en llamas. Era extraño ver el lugar tan tranquilo, tan desolado, bajo el cielo azul y caliente, con el humo y los pequeños hilos de llamas subiendo directamente al calor de la tarde. Nunca antes había visto casas ardiendo sin el acompañamiento de una multitud que obstruyera el paso. Un poco más allá, las cañas secas de la orilla humeaban y brillaban, y una línea de fuego en el interior marchaba constantemente a través de un campo de heno tardío.

Durante mucho tiempo estuve a la deriva, tan dolorido y cansado estaba después de la violencia que había sufrido, y tan intenso era el calor en el agua. Luego, mis temores se apoderaron de mí y reanudé la remada. El sol abrasaba mi espalda desnuda. Por fin, cuando el puente de Walton se acercaba a la vista tras la curva, mi fiebre y mi cansancio vencieron mis temores, y desembarqué en la orilla de Middlesex y me acosté, mortalmente enfermo, sobre el largo césped. Supongo que eran entonces las cuatro o las cinco de la tarde. Me levanté enseguida, caminé quizás media milla sin encontrarme con nadie, y luego me acosté de nuevo a la sombra de un seto. Me parece recordar que durante ese último tramo hablaba conmigo mismo, sin saber lo que decía. También tenía mucha sed y lamentaba amargamente no haber bebido más agua. Es curioso que me sintiera enfadado con mi mujer; no puedo explicarlo, pero mi impotente deseo de llegar a Leatherhead me preocupaba en exceso.

No recuerdo con claridad la llegada del cura, por lo que probablemente me quedé dormido. Me di cuenta de que había una figura sentada, en mangas de camisa manchadas de hollín y con el rostro volteado y bien afeitado mirando un tenue parpadeo que danzaba en el cielo. El cielo era lo que se llama un cielo de caballa: filas y filas de tenues penachos de nubes, apenas teñidos por la puesta de sol de pleno verano.

Me senté y, al oír mi movimiento, él me miró rápidamente.

«¿Tienes agua?», pregunté bruscamente.

Negó con la cabeza.

«Llevas una hora pidiendo agua», dijo.

Por un momento nos quedamos en silencio, observándonos mutuamente. Me atrevo a decir que debo haberle parecido una figura bastante extraña, desnudo, salvo por mis pantalones y calcetines empapados de agua, escaldado, y con la cara y los hombros ennegrecidos por el humo. Su rostro era de una debilidad pálida, su barbilla retraída, y su cabello caía en rizos marcados, casi de lino, sobre su frente baja; sus ojos eran más bien grandes, de color azul pálido y de mirada perdida. Habló con brusquedad, apartando la mirada de mí.

«¿Qué significa?», dijo. «¿Qué significan estas cosas?».

Le miré fijamente y no respondí.

Extendió una mano blanca y delgada y habló casi en tono de queja.

«¿Por qué se permiten estas cosas? ¿Qué pecados hemos cometido? El servicio de la mañana había terminado, yo estaba caminando por los senderos para despejar mi mente para la tarde, y entonces... ¡fuego, terremoto, muerte! ¡Como si fuera Sodoma y Gomorra! Todo nuestro trabajo deshecho, todo el trabajo... ¿Qué son estos marcianos?».

«¿Qué somos?», respondí, aclarando mi garganta.

Se agarró las rodillas y se volvió para mirarme de nuevo. Durante medio minuto, quizás, se quedó mirando en silencio.

«Estaba caminando por los senderos para despejar mi mente», dijo. «Y de repente... ¡fuego, terremoto, muerte!».

Se quedó en silencio, con la barbilla hundida casi hasta las rodillas.

Al cabo de un rato, empezó a agitar la mano.

«Todo el trabajo, todas las escuelas dominicales, ¿qué hemos hecho? ¿qué ha hecho Weybridge? Todo ha desaparecido, todo ha sido destruido. ¡La iglesia! La reconstruimos hace sólo tres años. Ha dasaparecido. ¡Barrida de la existencia! ¿Por qué?».

Otra pausa, y volvió a estallar como un demente.

«¡El humo de su incendio sube por los siglos de los siglos!», gritó.

Sus ojos se encendieron y señaló con un dedo delgado en dirección a Weybridge.

Para entonces empezaba a tomarle la medida. La tremenda tragedia en la que se había visto envuelto —era evidente que era un fugitivo de Weybridge— le había llevado al límite de su razón.

«¿Estamos lejos de Sunbury?», dije, en un tono objetivo.

«¿Qué vamos a hacer?», preguntó. «¿Estas criaturas están por todas partes? ¿Se les ha entregado la Tierra?».

«¿Estamos lejos de Sunbury?».

«Esta misma mañana he oficiado una celebración temprana...».

«Las cosas han cambiado», dije, en voz baja. «Debes mantener la cabeza. Todavía hay esperanza».

«¡Esperanza!».

«Sí. ¡Mucha esperanza, a pesar de esta destrucción!».

Comencé a explicarle mi punto de vista sobre nuestra posición. Al principio me escuchó, pero a medida que avanzaba, el interés que surgía en sus ojos dejó de ser tal y su mirada se desvió de mí.

«Esto debe ser el principio del fin», dijo, interrumpiéndome. «¡El fin! ¡El gran y terrible día del Señor! Cuando los hombres invoquen a los montes y a las rocas para que caigan sobre ellos y los oculten, los oculten del rostro de Aquél que está sentado en el trono».

Empecé a comprender la posición. Dejé de razonar, me puse en pie con dificultad y, de pie sobre él, le puse la mano en el hombro.

«¡Sé hombre!», dije. «¡Estás asustado! ¿De qué sirve la

religión si se derrumba ante las calamidades? Piensa en lo que los terremotos y las inundaciones, las guerras y los volcanes han hecho antes a los hombres. ¿Crees que Dios ha eximido a Weybridge? Él no es un agente de seguros».

Durante un rato se quedó en silencio.

«¿Pero cómo podemos escapar?», preguntó, de repente. «Son invulnerables, son despiadados».

«Ni lo uno ni, quizás, lo otro», respondí. «Y cuanto más poderosos son, más cuerdos y precavidos debemos ser nosotros. Uno de ellos fue abatido allá hace menos de tres horas».

«¡Abatido!», dijo, mirando a su alrededor. «¿Cómo pueden ser abatidos los ministros de Dios?».

«Yo lo vi ocurrir». Procedí a contarle. «Hemos llegado por casualidad al meollo del asunto», dije, «y eso es todo».

«¿Qué es ese parpadeo en el cielo?», preguntó bruscamente.

Le dije que era la señal del heliógrafo, que era la señal de la ayuda y el esfuerzo humano en el cielo.

«Estamos en medio de la actividad», dije, «tranquilo como está. Ese parpadeo en el cielo indica que se avecina una batalla. Supongo que allá están los marcianos, y hacia Londres, donde esas colinas se elevan alrededor de Richmond y Kingston y los árboles dan cobertura, se están levantando terraplenes y se están colocando cañones. Pronto los marcianos vendrán de nuevo hacia aquí».

Y mientras yo hablaba él se puso de pie y me detuvo con un gesto.

«¡Escucha!», dijo.

Desde más allá de las colinas bajas, al otro lado del agua, llegó el sordo resonar de armas lejanas y un extraño y remoto llanto. Luego todo se quedó quieto. Un escarabajo pasó zumbando por encima del seto y delante de nosotros. En lo alto del oeste, la luna creciente colgaba tenue y pálida sobre el humo de Weybridge y Shepperton y el esplendor caliente y tranquilo de la puesta de sol.

«Será mejor que sigamos este camino», dije, «hacia el norte».

XIV — EN LONDRES

Mi hermano menor estaba en Londres cuando los marcianos cayeron en Woking. Era un estudiante de medicina y estaba estudiando para un examen inminente; no se enteró de la llegada de los marcianos hasta el sábado por la mañana. Ese día, los periódicos contenían, además de largos artículos especiales sobre el planeta Marte, sobre la vida en los planetas, etc., un telegrama breve y vagamente redactado, tanto más sorprendente por su brevedad.

Los marcianos, alarmados por la aproximación de una multitud, habían matado a varias personas con un arma de fuego rápido, según decía la historia. El telegrama concluía con las palabras: «Por muy formidables que parezcan, los marcianos no se han movido del pozo en el que han caído y, de hecho, parecen incapaces de hacerlo. Probablemente esto se deba a la fuerza relativa de la energía gravitatoria de la Tierra». Sobre esta última sentencia el escritor principal se explayó muy confortablemente.

Por supuesto, todos los alumnos de la clase de biología, a la que mi hermano acudió ese día, estaban intensamente interesados, pero no había signos de ninguna excitación inusual en las calles. Los periódicos de la tarde publicaban retazos de noticias bajo grandes titulares. Hasta las ocho no tenían nada que contar más allá de los movimientos de las tropas sobre el campo abierto y el incendio de los pinares entre Woking y Weybridge. *St. James's Gazette*, en una edición extra especial, anunció el simple hecho de la interrupción de la comunicación telegráfica. Se pensó que esto se debía a la caída de pinos en llamas a través de la línea. No se supo nada más de los combates esa noche, la noche de mi viaje de ida y vuelta a Leatherhead.

Mi hermano no sintió ninguna inquietud por nosotros, pues sabía, por la descripción de los periódicos, que el cilindro estaba a unas dos millas de mi casa. Decidió bajar esa noche a verme, para, según decía, ver las cosas antes de que las mataran. Envió un telegrama que nunca me llegó, hacia las cuatro, y pasó la noche en un salón de conciertos.

También en Londres, el sábado por la noche hubo una tormenta eléctrica, y mi hermano llegó a Waterloo en un taxi. En el andén desde el que suele partir el tren de medianoche se enteró, tras un rato de espera, de que un accidente había impedido que los trenes llegaran a Woking esa noche. No pudo averiguar la naturaleza del accidente; de hecho, las autoridades ferroviarias no lo sabían claramente en aquel momento. Había muy poca tensión en la estación, ya que los funcionarios, sin darse cuenta de que había ocurrido algo más que una avería entre el cruce de Byfleet y Woking, hacían pasar los trenes de teatro que habitualmente pasaban por Woking por Virginia Water o Guildford. Estaban ocupados haciendo los arreglos necesarios para alterar la ruta de las excursiones de la Liga Dominical de Southampton y Portsmouth. Un reportero nocturno de un periódico, confundiendo a mi hermano con el jefe de tráfico, con el que tiene un ligero parecido, le abordó e intentó entrevistarle. Pocas personas, salvo los funcionarios del ferrocarril, relacionaron la avería con los marcianos.

He leído, en otro relato de estos acontecimientos, que el domingo por la mañana «todo Londres estaba electrizado por las noticias de Woking». En realidad, no había nada que justificara esa frase tan extravagante. Muchos londinenses no oyeron hablar de los marcianos hasta el pánico del lunes por la mañana. Los que lo hicieron tardaron algún tiempo en darse cuenta de todo lo que transmitían los telegramas redactados apresuradamente en los periódicos del domingo. La mayoría de la gente en Londres no lee los periódicos del domingo.

El hábito de la seguridad personal, además, está tan

profundamente instalado en la mente del londinense, y la inteligencia asombrosa es dada por descontada de tal manera en los periódicos, que esto podía leerse sin ningún temblor personal: «Alrededor de las siete de la pasada noche los marcianos salieron del cilindro y, moviéndose bajo una coraza de escudos metálicos, han destrozado por completo la estación de Woking con las casas adyacentes, y han masacrado a todo un batallón del Regimiento de Cardigan. No se conocen detalles. Los húsares se han mostrado absolutamente ineficaces contra su coraza; los cañones de campaña han sido inutilizados por ellos. Los húsares aéreos han entrado a todo correr en Chertsey. Los marcianos parecen estar avanzando lentamente hacia Chertsey o Windsor. Prevalece una gran ansiedad en el oeste de Surrey, y se están cavando trincheras para frenar el avance hacia Londres». Así lo decía el *Sunday Sun*, y un inteligente y notablemente rápido artículo de «manual» en el *Referee* comparaba el asunto con unas fieras soltada de repente en un pueblo.

Nadie en Londres sabía con certeza la naturaleza de los marcianos acorazados, y seguía existiendo la idea fija de que estos monstruos debían ser lentos: «gateando», «arrastrándose penosamente» —tales expresiones aparecían en casi todos los primeros informes. Ninguno de los telegramas podía haber sido escrito por un testigo presencial de su avance. Los periódicos dominicales publicaron ediciones separadas a medida que llegaban nuevas noticias, algunas incluso en ausencia de ellas. Pero no hubo prácticamente nada más que contar a la gente hasta el final de la tarde, cuando las autoridades dieron a las agencias de prensa las noticias que tenían en su poder. Se decía que la gente de Walton y Weybridge, y de todo el distrito, se estaba dirigiendo por las carreteras hacia Londres, y eso era todo.

Mi hermano fue a la iglesia del Hospital Foundling por la

mañana, todavía sin saber lo que había ocurrido la noche anterior. Allí escuchó alusiones a la invasión y una oración especial por la paz. Al salir, compró un *Referee*. Alarmado por las noticias de éste, se dirigió de nuevo a la estación de Waterloo para saber si se había restablecido la comunicación. Los ómnibus, los carruajes, los ciclistas y las innumerables personas que paseaban con sus mejores galas parecían apenas afectados por la extraña información que difundían los vendedores de noticias. La gente estaba interesada o, si estaba alarmada, lo estaba sólo por los residentes locales. En la estación mi hermano escuchó por primera vez que las líneas de Windsor y Chertsey estaban interrumpidas. Los porteros le dijeron que por la mañana se habían recibido varios telegramas notables de las estaciones de Byfleet y Chertsey, pero que habían cesado abruptamente. Mi hermano pudo obtener muy pocos detalles precisos de ellos.

«Hay peleas en torno a Weybridge», ése era el alcance de su información.

El servicio de trenes estaba ahora muy desorganizado. Un buen número de personas que esperaban a sus amigos desde lugares de la red del South–Western estaban parados en la estación. Un anciano de cabeza gris se acercó a mi hermano e insultó amargamente a la South–Western Company. «Quiere hacerse notar», dijo.

Llegaron uno o dos trenes procedentes de Richmond, Putney y Kingston, con gente que había salido a pasar el día en barco y se encontró con las esclusas cerradas y una sensación de pánico en el aire. Un hombre con una chaqueta azul y blanca se dirigió a mi hermano, lleno de extrañas noticias.

«Hay hordas de personas que llegan a Kingston en trampas y carros y cosas, con cajas de objetos de valor y todo eso», dijo. «Vienen de Molesey y Weybridge y Walton, y dicen que se han oído cañones en Chertsey, fuertes disparos, y que los soldados a caballo les han dicho que se bajen enseguida porque vienen los marcianos. Hemos oído disparos en la estación de Hampton Court, pero pensamos que eran truenos. ¿Qué diablos significa todo esto? Los marcianos no pueden salir de su foso, ¿verdad?».

Mi hermano no pudo decirle nada.

Después descubrió que el vago sentimiento de alarma se había extendido a los clientes de los trenes subterráneos, y que los excursionistas de los domingos empezaron a regresar de todo el «pulmón» del suroeste —Barnes, Wimbledon, Richmond Park, Kew, etc.— a horas anormalmente tempranas; pero nadie tenía más que un vago rumor que contar. Todo el mundo en la terminal parecía malhumorado.

Alrededor de las cinco, la multitud que se reunía en la estación estaba inmensamente excitada por la apertura de la línea de comunicación, casi invariablemente cerrada, entre las estaciones del sudeste y del sudoeste, y el paso de camiones de transporte que llevaban enormes cañones y carruajes abarrotados de soldados. Estos eran los cañones que se trajeron de Woolwich y Chatham para cubrir Kingston. Hubo un intercambio de bromas: «¡Los van a comer!», «¡Somos los domadores de bestias!», y así sucesivamente. Poco después, un escuadrón de policías entró en la estación y comenzó a desalojar al público de los andenes, y mi hermano salió de nuevo a la calle.

Las campanas de la iglesia tocaban a rebato, y un escuadrón de muchachas del Ejército de Salvación bajaba cantando por Waterloo Road. En el puente, varios holgazanes observaban una curiosa escoria marrón que bajaba por el arroyo a borbotones. El sol acababa de ponerse, y la Torre del Big Ben y las Casas del Parlamento se alzaban sobre uno de los cielos más tranquilos que es posible imaginar, un cielo dorado, barrado con largas franjas transversales de nubes rojizas y moradas. Se habló de un cuerpo flotante. Uno de los hombres allí presentes, que dijo ser un reservista, le dijo a mi hermano que había visto el heliógrafo parpadeando en el oeste.

En Wellington Street, mi hermano se encontró con un par de robustos matones con la mirada perdida que acababan de salir a toda prisa de Fleet Street con periódicos aún húmedos y pancartas. «¡Catástrofe espantosa!», gritaban uno a otro por Wellington Street. «¡Lucha en Weybridge! ¡Descripción completa! ¡Rechazo de los marcianos! ¡Peligra Londres!». Mi hermano tuvo que dar tres peniques por una copia de ese periódico.

Fue entonces, y sólo entonces, cuando se dio cuenta de todo el poder y el terror de estos monstruos. Se dio cuenta de que no eran simplemente un puñado de pequeñas criaturas perezosas, sino que eran mentes que manejaban vastos cuerpos mecánicos; y que podían moverse rápidamente y atacar con tal poder que ni siquiera los cañones más poderosos podrían enfrentarse a ellos.

Fueron descritas como «enormes máquinas con forma de araña, de casi cien pies de altura, capaces de alcanzar la velocidad de un tren expreso y de disparar un haz de calor intenso». Baterías camufladas, principalmente de cañones de campaña, habían sido desplegadas en el campo abierto de Horsell Common, y especialmente entre Londres y el distrito de Woking. Cinco de las máquinas habían sido vistas moviéndose hacia el Támesis, y una, por una feliz casualidad, había sido destruida. En los demás casos, los proyectiles habían fallado y las baterías habían sido aniquiladas de inmediato por los Rayos de Calor. Se mencionaron grandes pérdidas de soldados, pero el tono del despacho era optimista.

Los marcianos habían sido rechazados; no eran invulnerables. Se habían retirado a su triángulo de cilindros de nuevo, en el círculo alrededor de Woking. Los señalizadores con sus heliógrafos estaban avanzando sobre ellos desde todos los flancos. Los cañones transitaban rápidamente desde Windsor, Portsmouth, Aldershot, Woolwich, incluso desde el norte; entre otros, cañones largos de largo alcance y uno de noventa y cinco toneladas desde Woolwich. En total, ciento dieciséis cañones estaban en posición o siendo colocados apresuradamente, cubriendo Londres principalmente. Nunca antes en Inglaterra se había producido una concentración tan vasta y rápida de material militar.

Se esperaba que cualquier otro cilindro que cayera pudiera ser destruido de inmediato con explosivos de alta potencia, que se estaban fabricando y distribuyendo rápidamente. Sin duda, decía el informe, la situación era de lo más extraña y grave, pero se exhortaba al público a evitar el pánico y el desaliento. Sin duda, los marcianos eran extraños y terribles en extremo, pero aparte de ello no podían ser más de veinte contra nuestros millones.

Las autoridades tenían razones para suponer, por el tamaño de los cilindros, que a primera vista no podía haber más de cinco en cada cilindro, quince en total. Y se había dado muerte a uno por lo menos, tal vez más. El público sería advertido de la proximidad del peligro, y se estaban tomando elaboradas medidas para la protección de la gente en los amenazados suburbios del suroeste. Y así, con reiteradas garantías de la seguridad de Londres y de la capacidad de las autoridades para hacer frente a la dificultad, se cerró esta cuasi—proclamación.

Esto estaba impreso con una letra enorme en un papel tan fresco que aún estaba húmedo, y no había habido tiempo para añadir una palabra de comentario. Era curioso, dijo mi hermano, ver con qué crueldad se había acortado y eliminado el contenido habitual del periódico para darle cabida a esto.

Por toda Wellington Street se podía ver a la gente sacando las hojas rosas y leyendo, y el Strand se llenó de repente de ruido con las voces de un ejército de vendedores ambulantes que seguían a estos pioneros. Los hombres bajaban de los autobuses para conseguir ejemplares. Ciertamente, esta noticia excitaba intensamente a la gente, independientemente de su apatía anterior. Mi hermano dijo que habían bajado las persianas de una tienda de mapas en el Strand, y que un hombre con su vestimenta dominical, incluso con guantes amarillo limón, se veía dentro del escaparate fijando apresuradamente mapas de Surrey en el cristal.

Avanzando por el Strand hacia Trafalgar Square, con el periódico en la mano, mi hermano vio a algunos de los fugitivos de West Surrey. Había un hombre con su mujer y dos muchachos y algunos muebles en un carro como los que usan los verduleros. Venían desde Westminster Bridge; y cerca de él venía un carro de heno con cinco o seis personas de aspecto respetable, y algunas cajas y bultos. Los rostros de estas personas estaban demacrados, y todo su aspecto contrastaba notablemente con la vestimenta de sábado de la gente en los ómnibus. La gente vestida a la moda les miraba desde los taxis. Se detuvieron en la plaza como si estuvieran indecisos sobre qué camino tomar, y finalmente giraron hacia el este a lo largo del Strand. Detrás de ellos venía un hombre con ropa de trabajo, montado en uno de esos anticuados triciclos con una pequeña rueda delantera. Estaba sucio y tenía la cara blanca.

Mi hermano bajó hacia Victoria y se encontró con varias personas de este tipo. Tenía la vaga idea de que podría verme. Notó un número inusual de policías regulando el tráfico. Algunos de los refugiados intercambiaban noticias con la gente de los ómnibus. Uno de ellos afirmaba haber visto a los marcianos. «Calderas sobre zancos, te digo, caminando a zancadas como hombres». La mayoría de ellos estaban excitados y animados por su extraña experiencia.

Más allá de Victoria, los bares estaban muy animados

con estos visitantes. En todas las esquinas había grupos de personas que leían periódicos, hablaban animadamente o miraban fijamente a estos inusuales visitantes dominicales. Parecía que aumentaban a medida que avanzaba la noche, hasta que por fin las calles, dijo mi hermano, eran como Epsom High Street en un día de Derby. Mi hermano se dirigió a varios de estos fugitivos y obtuvo respuestas insatisfactorias de la mayoría.

Ninguno de ellos pudo darle ninguna noticia sobre Woking, excepto un hombre, que le aseguró que Woking había sido completamente destruida la noche anterior.

«Vengo de Byfleet», dijo; «un hombre en bicicleta pasó por el lugar de madrugada y corrió de puerta en puerta advirtiéndonos que nos fuéramos. Luego vinieron los soldados. Salimos a mirar, y había nubes de humo hacia el sur, nada más que humo, y ni un alma que viniera en esa dirección. Luego oímos los cañones en Chertsey, y gente viniendo de Weybridge. Así que cerré mi casa y me vine».

En ese momento había un fuerte sentimiento en las calles de que las autoridades eran culpables por su incapacidad de deshacerse de los invasores sin causar estos inconvenientes.

Alrededor de las ocho de la tarde se oyeron claramente unos fuertes disparos en todo el sur de Londres. Mi hermano no pudo oírlo por el tráfico de las calles principales, pero al recorrer las tranquilas calles secundarias hacia el río pudo distinguirlo con bastante claridad.

Hacia las dos, caminó desde Westminster hasta sus apartamentos cerca de Regent's Park. Ahora estaba muy preocupado por mí y perturbado por la evidente magnitud del problema. Su mente se inclinaba a pensar, como la mía lo había hecho el sábado, en detalles militares. Pensó en todos esos cañones silenciosos y expectantes, en el campo repentinamente nómade; trató de imaginar «calderas sobre zancos» de cien pies de altura.

Había uno o dos carros de refugiados que pasaban por Oxford Street, y varios en Marylebone Road, pero la noticia se extendía tan lentamente que Regent Street y Portland Place estaban llenas de sus habituales paseantes de domingo por la noche, aunque hablaban en grupos, y a lo largo del borde de Regent's Park había tantas parejas silenciosas «paseando» bajo las dispersas lámparas de gas como nunca antes había habido. La noche era cálida y tranquila, y un poco opresiva; el sonido de los cañones continuaba de forma intermitente, y después de la medianoche parecía haber relámpagos en el sur.

Leyó y releyó el periódico, temiendo que me hubiera ocurrido lo peor. Estaba inquieto, y después de la cena volvió a merodear sin rumbo. Volvió y trató en vano de desviar su atención hacia sus notas para el examen. Se acostó un poco después de la medianoche, y se despertó de sus escabrosos sueños en la madrugada del lunes por el sonido de las aldabas de las puertas, los pies corriendo en la calle, el tamborileo lejano y el clamor de las campanas. Reflejos rojos bailaban en el techo. Durante un momento se quedó atónito, preguntándose si había llegado el día o el mundo se había vuelto loco. Entonces saltó de la cama y corrió hacia la ventana.

Su habitación era una buhardilla y, al sacar la cabeza, arriba y abajo de la calle había una docena de ecos al ruido de la persiana de su ventana, y aparecían cabezas en todo tipo de desorden nocturno. Alguien se hacía preguntas. «¡Ya vienen!», berreó un policía, golpeando la puerta; «¡los marcianos vienen!», y se apresuró a ir a la puerta de al lado.

El sonido de los tambores y las trompetas provenía de los cuarteles de Albany Street, y todas las iglesias que se encontraban al alcance de los oídos se afanaban en matar el sueño con un vehemente y desordenado tañido. Se oyó un ruido de puertas que se abrían, y una ventana tras otra de las casas de enfrente pasaron de la oscuridad a una iluminación amarilla.

Por la calle llegó al galope un vagón cerrado, que irrumpió bruscamente en la esquina, alcanzando un clímax de estrépito bajo la ventanilla y apagándose lentamente en la distancia. Detrás de él venían un par de taxis, precursores de una larga procesión de vehículos que habían huido y que se dirigían en su mayor parte a la estación de Chalk Farm, donde los trenes especiales del North—Western estaban cargándose, en lugar de hacerlo desde Euston.

Durante mucho tiempo, mi hermano se quedó mirando por la ventana con un asombro inexpresivo, observando a los policías que golpeaban una puerta tras otra y entregaban su incomprensible mensaje. Entonces se abrió la puerta detrás de él y entró el hombre que se alojaba al otro lado del rellano, vestido sólo con camisa, pantalones y zapatillas, los tiradores sueltos cayendo desde la cintura y el pelo desordenado por la almohada.

«¿Qué diablos es eso?», preguntó. «¿Un incendio? ¡Qué ruido endiablado!».

Ambos sacaron la cabeza por la ventana, esforzándose por oír lo que gritaban los policías. La gente salía de las calles laterales y se agrupaba en las esquinas para hablar.

«¿Qué diablos es todo esto?», dijo el compañero de mi hermano.

Mi hermano le contestó vagamente y comenzó a vestirse, corriendo con cada prenda hacia la ventana para no perderse nada de la creciente agitación. Y en seguida llegaron a la calle, vociferando, hombres que vendían periódicos anormalmente temprano:

«¡Londres en peligro de asfixia! ¡Las defensas de Kingston y Richmond han caído! ¡Temibles masacres en el valle del Támesis!».

Y a su alrededor —en las habitaciones de abajo, en las casas de cada lado y del otro lado de la calle, y detrás en Park

Terrace y en las otras cien calles de esa parte de Marylebone, y en el distrito de Westbourne Park y St. John's Wood y Hampstead, y hacia el este en Shoreditch y Highbury y Haggerston y Hoxton, y, de hecho, en toda la inmensidad de Londres, desde Ealing hasta East Ham, la gente se frotaba los ojos y abría las ventanas para mirar hacia fuera y hacer preguntas sin sentido, vistiéndose apresuradamente mientras el primer aliento de la tormenta de miedo que se avecinaba soplaba por las calles. Era el amanecer del gran pánico. Londres, que se había ido a la cama el domingo por la noche, inocente e inerte, se despertó, en las primeras horas de la mañana del lunes, con una vívida sensación de peligro.

Incapaz de enterarse desde su ventana de lo que estaba ocurriendo, mi hermano bajó y salió a la calle, justo cuando el cielo entre los parapetos de las casas se volvía rosa con el temprano amanecer. Las personas que se apresuraban a pie y en vehículos eran cada vez más numerosas. «¡Humo Negro!», oyó gritar a la gente, y de nuevo, «¡Humo Negro!». El contagio de un miedo tan unánime era inevitable. Mientras mi hermano dudaba en el umbral de la puerta, vio que se acercaba otro vendedor de periódicos y cogió inmediatamente un diario. El hombre huía con el resto y vendía sus periódicos a un chelín cada uno mientras corría, una grotesca mezcla de beneficio y pánico.

Y en ese periódico mi hermano leyó ese catastrófico despacho del Comandante en Jefe:

«Los marcianos son capaces de descargar enormes nubes de un vapor negro y venenoso por medio de cohetes. Han asfixiado nuestras baterías, han destruido Richmond, Kingston y Wimbledon, y avanzan lentamente hacia Londres, destruyendo todo en el camino. Es imposible detenerlos. No hay otra seguridad contra el Humo Negro más que en la huida instantánea».

Eso era todo, pero era suficiente. Toda la población de

la gran ciudad, seis millones de habitantes, se agitaba, se deslizaba, corría; dentro de poco se vería en masa hacia el norte.

«¡Humo Negro!», gritaban las voces. «¡Fuego!».

Las campanas de la iglesia vecina producían un tintineo, un carro conducido con descuido se estrelló, entre gritos y maldiciones, contra el abrevadero de la calle. Las luces amarillas de las casas iban de un lado a otro, y algunos de los taxis que pasaban exhibían lámparas sin apagar. Y en lo alto, el amanecer era cada vez más brillante, claro, firme y tranquilo.

Mi hermano oyó pasos que iban y venían por las habitaciones y subían y bajaban las escaleras detrás de él. Su casera se acercó a la puerta, envuelta en una bata y un chal; su marido la siguió, maldiciendo.

Cuando mi hermano empezó a darse cuenta de la importancia de todas estas cosas, se dirigió apresuradamente a su propia habitación, puso todo el dinero que tenía disponible —unas diez libras en total— en sus bolsillos y salió de nuevo a la calle.

XV – LO QUE SUCEDIÓ EN SURREY

Fue mientras el cura se había sentado a hablar tan desenfrenadamente conmigo, bajo el seto de los prados planos cerca de Halliford, y mientras mi hermano observaba la corriente de fugitivos por Westminster Bridge, que los marcianos habían reanudado la ofensiva. Por lo que se puede averiguar a partir de los relatos contradictorios que se han expuesto, la mayoría de ellos permanecieron ocupados con los preparativos en la fosa de Horsell hasta las nueve de la noche, apurando alguna operación que desencadenaba enormes volúmenes de humo verde.

Pero ciertamente salieron tres de ellos hacia las ocho y, avanzando lenta y cautelosamente, se abrieron paso a través de Byfleet y Pyrford hacia Ripley y Weybridge; así llegaron a estar a la vista de las expectantes baterías contra el sol poniente. Estos marcianos no avanzaban en masa, sino en línea, cada uno a una milla y media de su compañero más cercano. Se comunicaban entre sí mediante aullidos de sirena, subiendo y bajando la escala de una nota a otra.

Estos aullidos y disparos de los cañones en Ripley y St. George's Hill es lo que habíamos escuchado en Upper Halliford. Los artilleros de Ripley, voluntarios de artillería sin experiencia que nunca deberían haber sido colocados en esa posición, dispararon una andanada salvaje, prematura e ineficaz, y salieron escapando a pie y a caballo a través de la aldea desierta, mientras que el marciano, sin usar su Rayo de Calor, caminó serenamente ante los cañones, se desplazó con cautela entre ellos, pasó por delante, y así llegó por sorpresa a los cañones de Painshill Park, que destruyó.

Los hombres de St. George's Hill, sin embargo, estaban mejor dirigidos o tenían mejor temple. Escondidos tras un pinar parece que no fueron detectados por el marciano más cercano. Colocaron sus armas tan deliberadamente como si hubieran estado en un desfile, y dispararon a unas mil yardas de distancia.

Los proyectiles lo rodearon y se le vio avanzar unos pasos, tambalearse y caer. Todo el mundo gritó al unísono, y los cañones se recargaron con una prisa frenética. El marciano derribado lanzó una prolongada ululación, e inmediatamente un segundo gigante reluciente, que le respondía, apareció ante los árboles al sur. Al parecer, una pata del trípode había sido destrozada por uno de los proyectiles. La totalidad de la segunda descarga voló lejos del marciano en el suelo, y, simultáneamente, sus dos compañeros hicieron que sus Rayos de Calor cayeran sobre la batería. La munición estalló, los pinos que rodeaban los cañones se incendiaron, y sólo uno o dos de los hombres que ya corrían por la cresta de la colina escaparon.

Después de esto parece que los tres tomaron consejo juntos y se detuvieron, y los exploradores que los observaban informan que permanecieron absolutamente inmóviles durante la siguiente media hora. El marciano que había sido derribado se arrastró tímidamente fuera de su capucha, una pequeña figura marrón, extrañamente sugerente desde esa distancia, como una mancha de tizón, y aparentemente ocupado en la reparación de su soporte. Alrededor de las nueve había terminado, pues su capucha volvió a verse por encima de los árboles.

Habían pasado unos minutos de las nueve de la noche cuando a estos tres centinelas se les unieron otros cuatro marcianos, cada uno de los cuales llevaba un grueso tubo negro. Se entregó un tubo similar a cada uno de los tres, y los siete procedieron a distribuirse a igual distancia a lo largo de una línea curva entre St. George's Hill, Weybridge, y el pueblo de Send, al suroeste de Ripley.

Una docena de cohetes salieron de las colinas ante ellos tan pronto como comenzaron a moverse, y advirtieron a las baterías que esperaban sobre Ditton y Esher. Al mismo tiempo, cuatro de sus máquinas de combate, igualmente armadas con tubos, cruzaron el río, y dos de ellas, negras contra el cielo del oeste, quedaron a la vista del cura y de mí mientras nos dirigíamos cansada y penosamente por la carretera que sale de Halliford hacia el norte. Se movían, según nos parecía, sobre una nube, pues una niebla lechosa cubría los campos y se elevaba hasta un tercio de su altura.

Al ver esto, el cura lanzó un débil grito en su garganta y comenzó a correr; pero yo sabía que no era bueno huir de un marciano, y me aparté y me arrastré a través de las ortigas y las zarzas cubiertas de rocío hasta la amplia zanja que había al lado del camino. Él miró hacia atrás, vio lo que yo estaba haciendo y se volvió para unirse a mí.

Los dos se detuvieron, el más cercano a nosotros de pie y de cara a Sunbury, el más lejano con una indistinción gris hacia la estrella vespertina, en dirección a Staines.

Los aullidos ocasionales de los marcianos habían cesado; tomaron sus posiciones en forma de enorme media luna alrededor de sus cilindros en absoluto silencio. Era una media luna con doce millas entre sus cuernos. Nunca, desde la creación de la pólvora, el comienzo de una batalla había sido tan silencioso. Para nosotros y para un observador en los alrededores de Ripley habría tenido precisamente el mismo efecto: los marcianos parecían estar en posesión solitaria de la oscura noche, iluminada únicamente por la esbelta luna, las estrellas, el resplandor de la luz del día y el rojizo resplandor de St. George's Hill y los bosques de Painshill.

Pero frente a esa media luna, en todas partes —en Staines, Hounslow, Ditton, Esher, Ockham, detrás de las colinas y los bosques al sur del río, y a través de los prados de hierba plana al norte del mismo, dondequiera que un grupo de árboles o casas de pueblo dieran suficiente cobertura— los cañones estaban esperando. Los cohetes de señal estallaron y llovieron sus chispas a través de la noche y se desvanecieron, y el espíritu de todos aquellos que vigilaban las baterías se elevó a una tensa expectación. Los marcianos no tenían más que avanzar hacia la línea de fuego, y al instante aquellas formas negras e inmóviles que eran los hombres, aquellos cañones que brillaban con tanta oscuridad en la temprana noche, estallarían en una atronadora furia de batalla.

Sin duda, el pensamiento que primaba en mil de esas mentes vigilantes, al igual que en la mía, era el enigma: cuánto entendían de nosotros. ¿Comprendían que nuestros millones de personas estaban organizadas, eran disciplinadas y trabajaban juntas? ¿O interpretaban nuestras ráfagas de fuego, el repentino aguijoneo de nuestros proyectiles, nuestra constante invasión de su campamento, como si se tratara de la furiosa unanimidad de un ataque en una colmena de abejas alterada? ¿Soñaban con exterminarnos? (En aquel momento nadie sabía qué alimento necesitaban). Cientos de preguntas de este tipo se agolpaban en mi mente mientras observaba aquella vasta forma de centinela. Y en el fondo de mi mente estaba la sensación de todas las enormes fuerzas desconocidas y ocultas hacia Londres. ¿Habían preparado trampas? ¿Estaban listas las fábricas de pólvora de Hounslow? ¿Tendrían los londinenses el corazón y el coraje de hacer un Moscú más grande de su poderosa provincia de casas?

Entonces, después de un tiempo interminable, así nos pareció, agazapados y mirando a través del seto, llegó un sonido como la conmoción lejana de un arma. Otro más cercano, y luego otro. Y entonces el marciano que estaba a nuestro lado levantó su tubo en alto y lo descargó, a modo de pistola, con un pesado impacto que hizo temblar el suelo. El marciano que estaba hacia Staines le respondió. No hubo flash, ni humo, simplemente esa detonación cargada.

Yo estaba tan excitado por estos pesados cañones disparados minuto a minuto, que se sucedían unos a otros, que me olvidé de mi seguridad personal y de mis manos escaldadas para trepar por el seto y mirar hacia Sunbury. Mientras lo hacía, se oyó un segundo impacto y un gran proyectil salió disparado hacia Hounslow. Esperaba al menos ver humo o fuego, o alguna evidencia de su efecto. Pero todo lo que vi fue el cielo azul profundo, con una estrella solitaria, y la niebla blanca que se extendía a lo ancho y bajo. Y no había habido ningún choque, ninguna explosión que respondiera. El silencio se restableció; el minuto se alargó hasta tres.

«¿Qué ha pasado?», dijo el cura, poniéndose de pie a mi lado.

«¡Sabe Dios!», dije yo.

Un murciélago pasó aleteando y desapareció. Un tumulto distante de gritos comenzó y cesó. Volví a mirar al marciano y vi que ahora se movía hacia el este por la orilla del río, con un movimiento rápido y oscilante.

A cada momento esperaba que el fuego de alguna batería oculta cayera sobre él; pero la calma de la noche no se rompió. La figura del marciano se hacía más pequeña a medida que se alejaba, y pronto la niebla y la noche que se cerraba se lo tragaron. Por un impulso común subimos más alto. Hacia Sunbury había una forma oscura, como si una colina cónica hubiera surgido repentinamente allí, ocultando nuestra vista del territorio más lejano; y luego, más lejos, al otro lado del río, sobre Walton, vimos otra cumbre de este tipo. Estas formas parecidas a colinas se hacían más bajas y más anchas mientras mirábamos.

Movido por un pensamiento repentino, miré hacia el norte, y allí percibí que se había levantado un tercio de estos neblinosos montes negros.

De repente, todo se había quedado muy quieto. A lo lejos,

hacia el sureste, marcando la quietud, oímos a los marcianos ulular entre ellos, y luego el aire volvió a temblar con el lejano ruido de sus armas. Pero la artillería terrícola no respondió.

En aquel momento no podíamos entender estas cosas, pero más tarde aprendería el significado de estos ominosos montes que se reunían en el crepúsculo. Cada uno de los marcianos, de pie en la gran medialuna que he descrito, había descargado, por medio del tubo de pistola que llevaba, un enorme cartucho sobre cada colina, bosquecillo, grupo de casas u otra posible cobertura para las armas, que se encontrara frente a él. Algunos disparaban sólo uno de ellos, otros dos, como en el caso del que habíamos visto; se dice que el de Ripley descargó no menos de cinco en ese momento. Estos cartuchos se estrellaron al chocar contra el suelo —no explotaron— y desprendieron un enorme volumen sin contención de vapor pesado y entintado, que se enrolló y se derramó hacia arriba en un enorme cúmulo de ébano, una colina gaseosa que se hundió y se extendió lentamente por el país circundante. Y el contacto con ese vapor, la inhalación de sus punzantes volutas, era la muerte para todo lo que respiraba.

Este vapor era pesado, más pesado que el humo más denso, de modo que, tras el primer y tumultuoso ascenso y descenso de su impacto, se hundió en el aire y se derramó sobre el suelo de una manera más bien líquida que gaseosa, abandonando las colinas, y fluyendo en los valles y zanjas y cursos de agua, incluso como he oído que suele hacer el gas de ácido carbónico que se vierte desde las hendiduras volcánicas. Y cuando se encontraba con agua, se producía una reacción química, y la superficie se cubría instantáneamente con una escoria polvorienta que se hundía lentamente. La escoria era absolutamente insoluble, y es una cosa extraña, viendo el efecto instantáneo del gas, que uno pudiera beber sin daño esta agua. El vapor no se difundía como lo haría un verdadero gas. Se acumulaba en bancos, fluyendo perezosamente por la pendiente del terreno y conduciéndose de mala gana ante el viento, y muy lentamente se combinaba con la niebla y la humedad del aire, y se hundía en la tierra en forma de polvo. Salvo que se trate de un elemento desconocido que da un grupo de cuatro líneas en el azul del espectro, seguimos ignorando por completo la naturaleza de esta sustancia.

Una vez terminada la tumultuosa agitación de su dispersión, el humo negro se adhería tan estrechamente al suelo, incluso antes de su precipitación, que a cincuenta pies de altura, en los tejados y pisos superiores de las casas altas y en los grandes árboles, existía la posibilidad de escapar por completo a su veneno, como se comprobó incluso aquella noche en Street Cobham y Ditton.

El hombre que se escapó del primer lugar cuenta una historia maravillosa sobre la extrañeza de su flujo en espiral, y cómo él miró desde la aguja de la iglesia y vio las casas del pueblo surgiendo como fantasmas de su nada entintada. Durante un día y medio permaneció allí, cansado, hambriento y abrasado por el sol, la tierra bajo el cielo azul y contra la perspectiva de las colinas distantes una extensión negra y aterciopelada, con tejados rojos, árboles verdes y, más tarde, arbustos con velos negros y puertas, graneros, dependencias y muros, que se elevaban aquí y allá a la luz del sol.

Pero eso ocurría en Street Cobham, donde se dejaba que el vapor negro permaneciera hasta que se hundía por sí mismo en el suelo. Por regla general, los marcianos, cuando el vapor había cumplido su propósito, volvían a limpiar el aire sumergiéndose en él y dirigiendo un chorro de vapor sobre éste.

Esto lo hicieron con los bancos de vapor cerca de nosotros, como vimos a la luz de las estrellas desde la ventana de una casa desierta en Upper Halliford, adonde habíamos regresado. Desde allí pudimos ver los reflectores de Richmond Hill y Kingston Hill yendo de un lado a otro, y alrededor de las once las ventanas traquetearon, y oímos el sonido de los enormes cañones de asedio que habían sido colocados allí. Éstos continuaron intermitentemente durante un cuarto de hora, enviando disparos fortuitos a los marcianos invisibles de Hampton y Ditton, y luego los pálidos rayos de la luz eléctrica se desvanecieron y fueron reemplazados por un brillante resplandor rojo.

Entonces cayó el cuarto cilindro, un brillante meteoro verde, como supe después, en Bushey Park. Antes de que comenzaran los cañones en la línea de colinas de Richmond y Kingston hubo un cañoneo irregular a lo lejos, en el suroeste, debido, creo, a que los cañones fueron disparados al azar antes de que el vapor negro pudiera envolver a los artilleros.

Así que, poniéndose manos a la obra tan metódicamente como los hombres podrían ahumar un nido de avispas, los marcianos esparcieron este extraño y sofocante vapor sobre los alrededores de Londres. Los cuernos de la media luna se apartaron lentamente, hasta que por fin formaron una línea desde Hanwell hasta Coombe y Malden. Durante toda la noche avanzaron sus destructivos tubos. Ni una sola vez, después de derribar el marciano de St. George's Hill, dieron a la artillería la más mínima oportunidad contra ellos. Dondequiera que existiera la posibilidad de que los cañones fueran colocados en su contra sin ser vistos, se descargaba una nueva carga de vapor negro, y cuando los cañones se mostraban abiertamente, utilizaban el Rayo de Calor.

A medianoche, los árboles ardientes de las laderas de Richmond Park y el resplandor de Kingston Hill arrojaban su luz sobre una red de humo negro, que borraba todo el valle del Támesis y se extendía hasta donde alcanzaba la vista. Y a través de ella, dos marcianos vadeaban lentamente, y giraban sus sibilantes chorros de vapor hacia un lado y otro.

Aquella noche no utilizaron el Rayo de Calor, ya sea porque no tenían más que un suministro limitado de material para su producción o porque no querían destruir el territorio, sino sólo aplastar y vencer a la oposición que habían suscitado. En este último objetivo, ciertamente lo lograron. La noche del domingo fue el fin de la oposición organizada. Después de eso, ningún grupo de hombres se enfrentaría a ellos, ya que la empresa era inútil. Incluso las tripulaciones de los torpederos y destructores que habían subido con sus cañones rápidos por el Támesis se negaron a detenerse, se amotinaron y volvieron a bajar. La única operación ofensiva a la que se aventuraron los hombres después de esa noche fue la preparación de minas y trampas, e incluso en eso sus energías fueron frenéticas y espasmódicas.

Hay que suponer, como se pueda, el destino de aquellas baterías hacia Esher, esperando tan tensamente en el crepúsculo. No hubo sobrevivientes. Uno puede imaginarse la ordenada expectación, los oficiales alertas y vigilantes, los artilleros preparados, la munición amontonada a mano, los artilleros con sus caballos y carros, los grupos de espectadores civiles de pie tan cerca como se les permitía, la quietud vespertina, las ambulancias y las tiendas de campaña de los hospitales con los quemados y heridos de Weybridge; luego, la sorda resonancia de los disparos de los marcianos, y el torpe proyectil girando sobre los árboles y las casas y estrellándose en medio de los campos vecinos.

Uno puede suponer, también, el repentino cambio de atención, las rápidas espirales e hinchazones de esa negrura avanzando de frente, elevándose hacia el cielo, convirtiendo el crepúsculo en una oscuridad palpable, un extraño y horrible antagonista de vapor que se abalanza sobre sus víctimas; hombres y caballos cerca de él vistos tenuemente, corriendo, chillando, cayendo de cabeza, gritos de consternación, las armas abandonadas de repente, hombres ahogándose y retorciéndose en el suelo, y el rápido ensanchamiento del cono opaco de humo. Y luego la noche y la extinción, nada más que una masa silenciosa de vapor impenetrable que ocultaba a sus muertos.

Antes del amanecer, el vapor negro se extendía por las calles de Richmond, y el desintegrado organismo del gobierno estaba, con un último esfuerzo agotador, despertando a la población de Londres con la noticia de la necesidad de huir.

XVI – EL ÉXODO DE LONDRES

Para que se entienda la estruendosa ola de miedo que se extendió por la mayor ciudad del mundo justo al amanecer del lunes: la corriente de huida se elevó rápidamente hasta convertirse en un torrente, azotando en un tumulto espumoso alrededor de las estaciones de ferrocarril, se agolpó en una horrible lucha en torno a la navegación en el Támesis, y se precipitó por todos los canales disponibles hacia el norte y el este. A las diez de la mañana, la organización de la policía, e incluso la de los ferrocarriles, perdía coherencia, perdía forma y eficacia, se desplomaba, se ablandaba, y finalmente se hundía en esa rápida licuefacción del cuerpo social.

Todas las líneas de ferrocarril al norte del Támesis y las del South–Eastern en Cannon Street habían sido prevenidas a medianoche del domingo y los trenes se llenaban. La gente luchaba salvajemente por conseguir espacio en los vagones incluso a las dos de la tarde. A las tres, la gente estaba siendo pisoteada y aplastada incluso en Bishopsgate Street, a un par de cientos de yardas o más de la estación de Liverpool Street; se disparaban revólveres, se apuñalaba a la gente, y los policías que habían sido enviados a dirigir el tráfico, exhaustos y enfurecidos, rompían las cabezas de la gente que debían proteger.

Y a medida que avanzaba el día y los maquinistas y fogoneros se negaban a regresar a Londres, la presión de la huida alejaba a la gente en una multitud cada vez más numerosa de las estaciones y a lo largo de las carreteras que corrían hacia el norte. Al mediodía se había visto un marciano en Barnes, y una nube de vapor negro que se hundía lentamente recorrió el Támesis y los departamentos de Lambeth, cortando toda huida por los puentes en su lento avance. Otra nube pasó por Ealing y rodeó una pequeña isla de supervivientes en Castle Hill, vivos, pero incapaces de escapar.

Después de una infructuosa lucha por subir a un tren de la North—Western en Chalk Farm —las locomotoras de los trenes que habían cargado en el patio de mercancías se abrieron paso entre los chillidos de la gente, y una docena de hombres robustos lucharon para evitar que la multitud aplastara al conductor contra su caldera—, mi hermano salió a la carretera de Chalk Farm, se escabulló a través de un apresurado enjambre de vehículos, y tuvo la suerte de estar en primer lugar en el saqueo de una tienda de bicicletas. El neumático delantero de la bicicleta que cogió se pinchó al arrastrarla por el escaparate, pero la usó a pesar de ello, y salió sin más lesiones que un corte en la muñeca. La parte baja del empinado Haverstock Hill estaba intransitable debido a varios caballos volcados, y mi hermano se metió en Belsize Road.

Así se libró de la furia del pánico y, bordeando Edgware Road, llegó a Edgware a eso de las siete, en ayunas y cansado, pero muy por delante de la multitud. A lo largo de la carretera la gente se paraba en la calzada, curiosa, haciéndose preguntas. Le pasaron varios ciclistas, algunos jinetes y dos coches de motor. A una milla de Edgware se rompió la llanta de la rueda y la máquina quedó inutilizable. La dejó al lado de la carretera y atravesó el pueblo a duras penas. En la calle principal del lugar había tiendas a medio abrir, y la gente se agolpaba en la acera y en los portales y ventanas, mirando atónita esta extraordinaria procesión de fugitivos que se iniciaba. Logró conseguir algo de comida en una posada.

Durante un tiempo permaneció en Edgware sin saber qué hacer a continuación. Los refugiados aumentaban en número. Muchos de ellos, como mi hermano, parecían inclinarse a merodear por el lugar. No había otras noticias sobre los invasores de Marte.

A esa hora la carretera estaba abarrotada, pero aún no

estaba congestionada. La mayoría de los fugitivos a esa hora iban montados en bicicletas, pero pronto hubo coches de motor, taxis y carruajes que se apresuraban, y el polvo colgaba en pesadas nubes a lo largo del camino a St. Albans.

Tal vez fue una vaga idea de dirigirse a Chelmsford, donde vivían unos amigos suyos, lo que indujo a mi hermano a tomar un tranquilo camino hacia el este. En un momento dado, se encontró con un poste y, al cruzarlo, siguió un sendero hacia el noreste. Pasó cerca de varias granjas y de algunos lugares pequeños cuyos nombres no supo. Vio a pocos fugitivos hasta que, en un camino de césped hacia High Barnet, se encontró con dos señoras que se convirtieron en sus compañeras de viaje. Llegó a ellas justo a tiempo para salvarlas.

Oyó sus gritos y, al doblar la esquina a toda prisa, vio a un par de hombres que se esforzaban por sacarlas del pequeño coche de ponis en el que iban, mientras un tercero sujetaba con dificultad la cabeza del asustado poni. Una de las damas, una mujer de baja estatura vestida de blanco, no hacía más que gritar; la otra, de figura oscura y esbelta, azotaba al hombre que la agarraba del brazo con un látigo que sostenía en su mano libre.

Mi hermano comprendió inmediatamente la situación, gritó y se apresuró hacia la lucha. Uno de los hombres desistió y se volvió hacia él, y mi hermano, dándose cuenta por la cara de su antagonista de que la pelea era inevitable, y siendo un experto boxeador, se dirigió a él inmediatamente y lo envió de un golpe contra la rueda del coche.

No era el momento para caballerosidad pugilística y mi hermano lo dejó inmóvil con una patada y luego agarró el cuello del hombre que tiraba del brazo de la esbelta dama. Oyó el estruendo de los cascos, el látigo le picó en la cara, un tercer antagonista le golpeó entre los ojos, y el hombre al que sujetaba se liberó y se alejó por el camino en la misma dirección por donde había venido.

Parcialmente aturdido, se encontró frente al hombre que había sujetado la cabeza del caballo, y se dio cuenta de que el coche se alejaba de él por el camino, balanceándose de un lado a otro, y con las mujeres en ella mirando hacia atrás. El hombre que tenía delante, un fornido bruto, intentó acercarse, y él lo detuvo con un golpe en la cara. Luego, al darse cuenta de que estaba abandonado, esquivó y se alejó por el camino tras el coche, con el hombre robusto cerca de él, y el fugitivo, que ahora había vuelto, siguiéndole a distancia.

De repente tropezó y cayó; su inmediato perseguidor se lanzó de lleno, y él se levantó para encontrarse de nuevo con un par de antagonistas. Habría tenido pocas posibilidades contra ellos si la esbelta dama no se hubiera detenido con mucho tesón y hubiera vuelto en su ayuda. Al parecer, había tenido un revólver todo ese tiempo, pero había estado debajo del asiento cuando ella y su compañera fueron atacadas. Disparó a seis yardas de distancia, fallando por poco a mi hermano. El menos valiente de los ladrones se dio a la fuga, y su compañero le siguió, maldiciendo su cobardía. Ambos se detuvieron a la vista en la calle, donde el tercer hombre yacía insensible.

«¡Toma esto!», dijo la esbelta dama, y le dio a mi hermano su revólver.

«Vuelve al coche», dijo mi hermano, limpiando la sangre de su labio partido.

Ella se volvió sin decir nada —los dos estaban jadeando— y regresaron al lugar donde la dama de blanco luchaba por contener al asustado poni.

Evidentemente, los ladrones ya habían tenido suficiente. Cuando mi hermano volvió a mirar, se estaban retirando.

«Me sentaré aquí», dijo mi hermano, «si puedo», y se sentó en el asiento delantero vacío. La señora miró por encima del hombro.

«Dame las riendas», dijo, y azuzó al poni en el costado con el látigo. Al momento siguiente, un recodo del camino ocultó a los tres hombres de los ojos de mi hermano.

Así que, inesperadamente, mi hermano se encontró, jadeando, con la boca cortada, la mandíbula magullada y los nudillos manchados de sangre, conduciendo por un camino desconocido con estas dos mujeres.

Se enteró de que eran la esposa y la hermana menor de un cirujano que vivía en Stanmore, que había llegado de madrugada de un caso peligroso en Pinner, y se había enterado en alguna estación de tren de camino del avance marciano. Se había apresurado a llegar a casa, despertó a las mujeres —su criado las había dejado dos días antes—, empacó algunas provisiones, puso su revólver bajo el asiento —por suerte para mi hermano— y les dijo que siguieran hasta Edgware, con la idea de tomar un tren allí. Se quedó atrás para avisar a los vecinos. Les alcanzaría, dijo, a eso de las cuatro y media de la mañana, y ahora eran casi las nueve y no lo habían visto. Ellas no podían detenerse en Edgware debido al creciente tráfico que atravesaba el lugar, por lo que habían entrado en este camino secundario.

Esa fue la historia que le contaron a mi hermano, en fragmentos, cuando se detuvieron de nuevo más cerca de New Barnet. Prometió quedarse con ellas, por lo menos hasta que pudieran determinar qué hacer, o hasta que llegara el hombre desaparecido, y afirmó ser un experto tirador con el revólver —un arma desconocida para él— para darles confianza.

Hicieron una especie de campamento junto al camino, y el poni fue feliz en el vallado. Él les habló de su propia huida de Londres y de todo lo que sabía de esos marcianos y sus costumbres. El sol subía en el cielo, y al cabo de un rato su conversación se apagó y dio paso a un estado de inquietud. Varios caminantes se acercaron por el sendero y de ellos mi hermano recogió las noticias que pudo. Cada respuesta que recibía profundizaba su impresión sobre el gran desastre que había sobrevenido a la humanidad, profundizaba su persuasión sobre la necesidad inmediata de proseguir la huida. Les insistió en el asunto.

«Tenemos dinero», dijo la esbelta mujer, y dudó.

Sus ojos se cruzaron con los de mi hermano y su vacilación se acabó.

«Yo también», dijo mi hermano.

Ella explicó que tenían hasta treinta libras en oro, además de un billete de cinco libras, y sugirió que con eso podrían tomar un tren en St. Albans o New Barnet. Mi hermano pensó que eso era inútil, al ver la furia de los londinenses por subirse a los trenes, y propuso su propia idea de atravesar Essex en dirección a Harwich y, desde allí, escapar por completo del país.

La señora Elphinstone —así se llamaba la mujer de blanco— no atendía a ningún razonamiento y seguía invocando a «George»; pero su cuñada se mostraba asombrosamente tranquila y deliberada, y al final accedió a la sugerencia de mi hermano. Así que, proyectando cruzar Great North Road, siguieron en dirección a Barnet, con mi hermano guiando el poni a pie para no cansarlo en cuanto era posible. A medida que el sol subía por el cielo, el día se volvía excesivamente caluroso, y en el suelo se acumulaba una arena espesa y blanquecina que quemaba y cegaba, de modo que sólo viajaban muy lentamente. Los setos estaban grises por el polvo. Y a medida que avanzaban hacia Barnet, un tumultuoso murmullo se hacía más fuerte.

Empezaron a encontrarse con más gente. La mayoría de la gente les miraban fijamente, murmurando preguntas indistintas, hastiada, ojerosa, sucia. Un hombre vestido de etiqueta pasó ante ellos a pie, con los ojos en el suelo. Oyeron su voz y, al volver la vista hacia él, vieron una mano agarrada a su pelo y la otra golpeando cosas invisibles. Pasado su paroxismo de rabia, siguió su camino sin mirar atrás.

Cuando el grupo de mi hermano se dirigió hacia el cruce de caminos al sur de Barnet, vieron a una mujer que se acercaba al camino a través de unos campos a su izquierda, llevando un niño en brazos y otros dos niños; y luego pasó un hombre vestido de negro sucio, con un grueso bastón en una mano y un pequeño maletín en la otra. Luego, al doblar la esquina del carril, de entre las villas que lo custodiaban en su confluencia con la carretera principal, llegó un pequeño carro tirado por un sudoroso poni negro y conducido por un joven cetrino con bombín, gris de polvo. Había tres chicas, chicas de fábrica del East End, y un par de niños pequeños apiñados en el carro.

«¿Esto nos llevará a Edgware?», preguntó el conductor, con los ojos desorbitados y la cara blanca; y cuando mi hermano le dijo que lo haría si giraba a la izquierda, se puso en marcha de inmediato sin la formalidad del agradecimiento.

Mi hermano notó que un humo gris pálido o una neblina se elevaba entre las casas frente a ellos, y velaba la fachada blanca de una terraza más allá de la carretera que aparecía entre la parte trasera de las villas. La señora Elphinstone gritó de repente al ver varias lenguas de llamas rojas y humeantes que saltaban por encima de las casas que tenían delante, contra el cielo azul y caliente. El ruido tumultuoso se convirtió ahora en la mezcla desordenada de muchas voces, el chirrido de muchas ruedas, el crujido de los carros y el staccato de los cascos. El camino dio un giro brusco a menos de cincuenta yardas del cruce.

«¡Santo cielo!» gritó la señora Elphinstone. «¿A qué nos estás llevando?».

Mi hermano se detuvo.

El camino principal era una corriente hirviente de gente, un torrente de seres humanos que se precipitaban hacia el norte, unos presionando a otros. Un gran banco de polvo, blanco y luminoso al resplandor del sol, hacía que todo lo que estaba a menos de veinte pies del suelo fuera gris e indistinto, y se renovaba perpetuamente por los pies apresurados de una densa multitud de caballos y de hombres y mujeres a pie, y por las ruedas de vehículos de todo tipo.

«¡Abran paso!» mi hermano escuchó voces gritando. «¡Abran paso!»

Acercarse al punto de encuentro entre el carril y la carretera era como adentrarse en el humo de un incendio; la multitud rugía como un fuego, y el polvo era caliente y acre. Y, en efecto, un poco más arriba sobre la carretera ardía una villa y enviaba masas de humo negro aumentando la confusión.

Dos hombres pasaron junto a ellos. Luego una mujer sucia, que llevaba un pesado fardo y lloraba. Un perro retriever perdido, con la lengua colgando, los rodeó dudosamente, asustado y desdichado, y huyó ante la amenaza de mi hermano.

Todo lo que podían ver del camino hacia Londres, entre las casas de la derecha, era una corriente tumultuosa de gente sucia y apresurada, apiñada entre las villas de ambos lados; las cabezas negras, las formas amontonadas, se fueron distinguiendo a medida que se dirgían hacia la esquina, pasaban apresuradamente y volvían a fundir su individualidad en una multitud que retrocedía y que al final era tragada en una nube de polvo.

«¡Sigan! ¡Sigan!» gritaban las voces. «¡Abran paso! ¡Abran paso!».

Las manos de un hombre presionaban la espalda de otro. Mi hermano se puso a la cabeza del poni. Irresistiblemente atraído, avanzó lentamente, paso a paso, por el camino.

Edgware había sido una sola escena de confusión, Chalk Farm un tumulto alborotado, pero esto era toda una población en movimiento. Es difícil imaginar esa hueste. No tenía carácter propio. Las figuras salían de la esquina y se retiraban de espaldas al grupo de la calle. A lo largo del margen venían los que iban a pie amenazados por las ruedas, tropezando en las zanjas, chocando unos con otros.

Las carretas y los carruajes se amontonaban unos sobre otros, dejando poco paso a aquellos vehículos más rápidos e impacientes que se adelantaban de vez en cuando cuando se presentaba la oportunidad de hacerlo, haciendo que la gente se dispersara contra las vallas y las puertas de las villas.

«¡Empujen!», decía el grito. «¡Adelante! ¡Ya vienen!».

En uno de los carros iba un ciego con el uniforme del Ejército de Salvación, gesticulando con sus dedos torcidos y berreando: «¡Eternidad! ¡Eternidad!». Su voz era ronca y muy fuerte, de modo que mi hermano pudo oírle mucho después de que se perdiera de vista en el polvo. Algunos de los que se amontonaban en los carros fustigaban estúpidamente a sus caballos y se peleaban con otros conductores; otros se sentaban inmóviles, mirando a la nada con ojos miserables; algunos se roían las manos de sed, o yacían postrados en los fondos de sus transportes. Los caballos estaban cubiertos de espuma, con los ojos inyectados en sangre.

Había taxis, carruajes, carros de tienda, vagones más allá de lo que se pueda contar; un carro de correo, un carro limpiador de carreteras con la inscripción «Vestry of St. Pancras», un enorme vagón de madera atestado de bultos. Un carro cervecero pasaba con sus dos ruedas salpicadas de sangre fresca.

«¡Despejen el camino!», gritaban las voces. «¡Despejen el camino!».

«¡Eter-nidad! ¡Eter-nidad!», resonó en la carretera.

Había mujeres tristes y ojerosas que pasaban por allí, bien vestidas, con niños que lloraban y tropezaban, sus delicadas ropas cubiertas de polvo, sus rostros cansados manchados de lágrimas. Con muchas de ellas venían hombres, a veces serviciales, a veces abatidos y salvajes. Luchando codo con codo con ellos, empujaban a algún cansado marginado de la calle, vestido con trapos negros desteñidos, con los ojos muy abiertos, la voz alta y la boca sucia. Había robustos obreros que se abrían paso a empujones, hombres miserables y desaliñados, vestidos como oficinistas o comerciantes, que se debatían espasmódicamente; un soldado herido, en el que se fijó mi hermano, hombres vestidos con las ropas de los porteros del ferrocarril, una miserable criatura en camisa de dormir con un abrigo echado por encima.

Pero por muy variada que fuera su composición, todas aquellas huestes tenían algo en común. Había miedo y dolor en sus rostros, y miedo detrás de ellos. Un tumulto en el camino, una disputa por un lugar en un vagón, hacía que toda la hueste acelerara el paso; incluso había un hombre, tan asustado y destrozado que sus rodillas se doblaban bajo él, que se vio impulsado por un momento a renovar su actividad. El calor y el polvo ya habían actuado sobre esta multitud. Sus pieles estaban secas, sus labios negros y agrietados. Todos estaban sedientos, cansados y doloridos. Y entre los diversos gritos se oían disputas, reproches, gemidos de cansancio y fatiga; las voces de la mayoría eran roncas y débiles. En todos ellos se escuchaba un estribillo:

«¡Abran paso! ¡Abran paso! ¡Vienen los marcianos!».

Pocos se detenían y se apartaban de aquel torrente. El camino se abría oblicuamente en la carretera principal con una estrecha abertura, y tenía una apariencia engañosa de venir de la dirección de Londres. Sin embargo, una especie de remolino de gente se adentraba en su desembocadura; personas débiles que se apartaban a codazos de la corriente y que, en su mayoría, no descansaban más que un momento antes de volver a sumergirse en ella. Un poco más adelante, con dos amigos inclinados sobre él, yacía un hombre con una pierna desnuda, envuelta en trapos ensangrentados. Era un hombre afortunado de tener amigos.

Un viejecito, con un gris bigote estilo militar y un sucio levitón negro, salió cojeando y se sentó junto al seto, se quitó la bota —tenía el calcetín manchado de sangre—, sacó una piedrecita y siguió cojeando; y luego una niña de ocho o nueve años, sola, se arrojó bajo el seto cerca de mi hermano, llorando.

«¡No puedo seguir! No puedo seguir!».

Mi hermano se despertó de su torpeza y la levantó, hablándole suavemente, y la llevó hasta la señorita Elphinstone. Tan pronto como mi hermano la tocó, ella se quedó quieta, como si estuviera asustada.

«¡Ellen!», gritó una mujer entre la multitud, con lágrimas en la voz, «¡Ellen!». Y la niña se alejó repentinamente de mi hermano, gritando «¡Madre!».

«Ya vienen», dijo un hombre a caballo que pasaba por el camino.

«¡Fuera del paso, ahí!», gritó un cochero, en lo alto; y mi hermano vio un carruaje cerrado que giraba hacia el camino.

La gente se aplastó entre sí para evitar el caballo. Mi hermano empujó el poni y el coche hacia el seto, y el hombre pasó y se detuvo en la curva del camino. Era un carruaje, con un poste para un par de caballos, pero sólo uno estaba atado. Mi hermano vio vagamente, a través del polvo, que dos hombres sacaban algo en una camilla blanca y lo ponían suavemente en el césped bajo el seto de aligustres.

Uno de los hombres vino corriendo hacia mi hermano.

«¿Dónde hay agua?», dijo. «Se está muriendo rápidamente, y tiene mucha sed. Es Lord Garrick».

«¡Lord Garrick!», dijo mi hermano; «¿el Presidente del Tribunal Supremo?».

«¿El agua?», dijo él.

«Puede que haya un grifo», dijo mi hermano, «en algunas de las casas. No tenemos agua. No me atrevo a dejar a mi gente».

El hombre empujó contra la multitud hacia la puerta de la casa de la esquina.

«¡Sigue!», dijo la gente, empujándolo. «¡Ya vienen! ¡Sigue!».

Entonces, la atención de mi hermano se vio distraída por un hombre con barba y cara aguileña que llevaba un pequeño bolso, el que se partió justo cuando los ojos de mi hermano se posaron en él y dejó caer una masa de soberanos que parecían deshacerse en monedas separadas al caer al suelo. Rodaron de un lado a otro entre los pies de los hombres y los caballos. El hombre se detuvo y miró estúpidamente el montón, y el asta de un taxi le golpeó en el hombro y le hizo tambalearse. Lanzó un grito y esquivó hacia atrás, y una rueda de carro le rozó.

«¡Abran paso!», gritaron los hombres a su alrededor. «¡Abran paso!».

Tan pronto como el taxi pasó, se arrojó, con ambas manos abiertas, sobre el montón de monedas, y comenzó a meterlas a puñados en su bolsillo. Un caballo se acercó a él y entonces, levantado a medias, fue arrastrado bajo los cascos del caballo.

«¡Detente!», gritó mi hermano, y apartando a una mujer de su camino trató de agarrar el freno del caballo.

Antes de que pudiera llegar a él, oyó un grito bajo las ruedas y vio a través del polvo la llanta que pasaba por encima de la espalda del pobre infeliz. El conductor del carro atizó su látigo contra mi hermano, que corrió detrás del carro. El multitudinario griterío le confundió los oídos. El hombre se retorcía en el polvo entre su dinero desparramado, incapaz de levantarse, pues la rueda le había roto la espalda, y sus miembros inferiores yacían inertes.

Mi hermano se levantó y gritó al siguiente conductor y un hombre montado en un caballo negro acudió en su ayuda.

«Sácalo del camino», dijo; y, agarrando el cuello del hombre con la mano libre, mi hermano lo arrastró hacia un lado. Pero el hombre seguía aferrado a su dinero y miraba a mi hermano con fiereza, golpeándole el brazo con un puñado de oro. «¡Sigue! ¡Sigue!», gritaron voces airadas detrás. «¡Abran paso! ¡Abran paso!».

Hubo un golpe cuando el poste de un carruaje se estrelló contra el carro que el hombre a caballo detuvo. Mi hermano levantó la vista y el hombre con su oro giró la cabeza y mordió la muñeca que le sujetaba el cuello. Hubo una conmoción y el caballo negro se tambaleó de lado y el carruaje fue empujado a su lado. Un casco no alcanzó el pie de mi hermano por un pelo. Él soltó al hombre caído y saltó hacia atrás. Vio que la ira se transformaba en terror en el rostro del pobre infeliz que estaba en el suelo y en ese momento quedó oculto y mi hermano fue arrastrado hacia atrás y llevado más allá de la entrada del camino; tuvo que luchar duramente en el torrente para recuperarlo.

Vio a la señorita Elphinstone cubriéndose los ojos y a un niño pequeño, con todo el deseo por las imágenes propio a un niño, mirando con ojos dilatados algo polvoriento que yacía negro e inmóvil, molido y aplastado bajo las ruedas rodantes. «¡Regresemos!», gritó, y comenzó a dar vuelta con el poni. «No podemos cruzar este... infierno», dijo él, y retrocedieron unas cien yardas por donde habían venido, hasta que la multitud que luchaba quedó oculta. Cuando pasaron el recodo de la calle, mi hermano vio el rostro del moribundo en la zanja bajo el aligustre, mortalmente blanco y como dibujado, brillante de sudor. Las dos mujeres permanecieron en silencio, agazapadas en su asiento y temblando.

Entonces, más allá del recodo, mi hermano se detuvo de nuevo. La señorita Elphinstone estaba blanca y pálida, y su cuñada estaba sentada llorando, demasiado desgraciada incluso para llamar a «George». Mi hermano estaba horrorizado y perplejo. En cuanto se retiraron se dio cuenta de lo urgente e inevitable que era intentar esta travesía. Se volvió hacia la señorita Elphinstone, repentinamente decidido.

«Debemos ir por ahí», dijo, y volvió a conducir el poni.

Por segunda vez aquel día, esta chica demostró su calidad. Para abrirse paso entre el torrente de gente, mi hermano se lanzó al tráfico y retuvo el caballo de un taxi mientras ella conducía el poni por encime de su cabeza. Un vagón trabó las ruedas por un momento y arrancó una larga astilla del coche. A continuación fueron atrapados y arrastrados por la corriente. Mi hermano, con las marcas del látigo del taxista enrojecidas en la cara y las manos se subió al coche y le quitó las riendas.

«Apunta el revólver al hombre de atrás», dijo, dándoselo, «si nos presiona demasiado... ¡No! Apunta a su caballo».

Entonces él empezó a buscar la posibilidad de desviarse hacia la derecha a través del camino. Pero, una vez en la corriente, pareció perder la voluntad para convertirse en parte de aquella polvorienta ruta. Atravesaron Chipping Barnet con el torrente; estaban casi una milla más allá del centro de la ciudad cuando habían empezado a luchar por cruzar al lado opuesto del camino. Era un estruendo y una confusión indescriptibles; pero dentro y más allá de la ciudad el camino se bifurcaba repetidamente, y esto aliviaba en cierta medida la tensión.

Atravesaron Hadley hacia el este, y allí, a ambos lados de la carretera, y en otro lugar más alejado, se encontraron con una gran multitud de personas que bebían en el arroyo, algunas luchando por llegar al agua. Y más adelante, tras una pausa cerca de East Barnet, vieron dos trenes que circulaban lentamente uno tras otro sin señal ni orden — trenes repletos de gente, con hombres incluso asidos detrás de las máquinas— que se dirigían hacia el norte por Great Northern Railway. Mi hermano supone que los trenes debían de haberse llenado en las afueras de Londres, ya que en aquel momento el furioso terror de la gente había hecho imposible el acceso a las terminales centrales.

Cerca de este lugar se detuvieron para pasar el resto de la tarde, pues la violencia del día ya había agotado por completo a los tres. Comenzaron a sufrir los primeros síntomas de hambre; la noche era fría y ninguno se atrevía a dormir. Al anochecer, muchas personas se apresuraron a recorrer el camino cercano a su parada, huyendo de peligros desconocidos que les acechaban, y dirigiéndose en la dirección de la que había venido mi hermano.

XVII – EL «THUNDER CHILD»

Si los marcianos hubieran tenido como único objetivo la destrucción podrían haber aniquilado a toda la población de Londres ese lunes, mientras se extendía lentamente por los alrededores. No sólo a lo largo de la carretera a través de Barnet, sino también a través de Edgware y Waltham Abbey, y a lo largo de las carreteras hacia el este, hasta Southend y Shoeburyness, y al sur del Támesis, hasta Deal y Broadstairs, se produjo la misma frenética huida. Si uno pudiera haberse suspendido esa mañana de junio en un globo en el azul resplandeciente sobre Londres cada camino hacia el norte y el este que salía del enmarañado laberinto de calles habría parecido salpicado de negro por los fugitivos que corrían, cada punto una agonía humana de terror y angustia física. En el último capítulo he expuesto extensamente el relato de mi hermano sobre el camino a través de Chipping Barnet, a fin de que mis lectores se den cuenta de cómo le pareció a uno de los afectados aquel enjambre de puntos negros. Nunca antes en la historia del mundo se había movido y sufrido conjuntamente una masa tan grande de seres humanos. Las legendarias huestes de godos y hunos, los ejércitos más enormes que Asia haya visto jamás, no habrían sido más que una gota en aquella corriente. Y no se trataba de una marcha disciplinada; era una estampida —una estampida gigantesca y terrible— sin orden y sin meta, seis millones de personas desarmadas y sin provisiones, yendo hacia delante. Fue el comienzo de la derrota de la civilización, de la masacre de la humanidad.

Directamente debajo de él, el aeronauta habría visto el entramado de calles a lo largo y ancho, casas, iglesias, plazas, semicírculos, jardines —ya abandonados— extendidos como un enorme mapa y borrados en el sur. Sobre Ealing, Richmond, Wimbledon hubiera parecido como si una pluma monstruosa hubiera arrojado tinta sobre la carta. Constantemente, sin cesar, cada salpicadura negra crecía y se extendía, lanzando ramificaciones hacia un lado y otro, ahora apoyándose en un terreno elevado, ahora vertiéndose rápidamente sobre una cresta hacia un nuevo valle, exactamente como una gota de tinta se extendería sobre el papel secante.

Y más allá, sobre las colinas azules que se elevan hacia el sur del río, los relucientes marcianos iban de un lado a otro, extendiendo tranquila y metódicamente su nube venenosa sobre esta parte del país y luego sobre aquella, volviéndola a extender con sus chorros de vapor cuando había cumplido su propósito, y tomando posesión del territorio conquistado. No parece que tuvieran como objetivo el exterminio sino la desmoralización completa y la destrucción de cualquier oposición. Explotaron todos los almacenes de pólvora que encontraron, cortaron todos los telégrafos y destruyeron los ferrocarriles aquí y allá. Estaban paralizando a la humanidad. No parecían tener prisa por ampliar el campo de sus operaciones, y no llegaron más allá de la parte central de Londres en todo ese día. Es posible que un número muy considerable de personas en Londres se quedaran en sus casas durante la mañana del lunes. Es cierto que muchos murieron en casa sofocados por el Humo Negro.

Hasta cerca del mediodía, el Pool of London era una escena asombrosa. Barcos de vapor y embarcaciones de todo tipo se encontraban allí, tentados por las enormes sumas de dinero ofrecidas por los fugitivos, y se dice que muchos de los que nadaron hacia estos barcos fueron empujados con garfios y se ahogaron. Alrededor de la una de la tarde, los restos de una nube de vapor negro aparecieron entre los arcos del puente de Blackfriars. En ese momento, el Pool se convirtió en una escena de loca confusión, lucha y colisión, y durante algún tiempo una multitud de barcos y barcazas se atascaron en el arco norte del Tower Bridge, y los marineros y faroleros tuvieron que luchar salvajemente contra la gente que se arremolinaba sobre ellos desde la orilla del río. De hecho, la gente trepaba por los pilares del puente desde arriba.

Cuando, una hora más tarde, un marciano apareció más allá del Big Ben y vadeó el río, no había más que escombros flotando por encima de Limehouse.

Todavía tengo que hablar de la caída del quinto cilindro. El sexto lucero cayó en Wimbledon. Mi hermano, que vigilaba junto a las mujeres en la caravana, en un prado, vio el destello verde del mismo más allá de las colinas. El martes, el pequeño grupo, que seguía empeñado en cruzar el mar, se abrió paso a través del territorio enjuto hacia Colchester. Se confirmó la noticia de que los marcianos estaban ya en posesión de todo Londres. Habían sido vistos en Highgate, e incluso, se decía, en Neasden. Pero no llegaron a la vista de mi hermano hasta el día siguiente.

Ese día, las multitudes dispersas comenzaron a darse cuenta de la urgente necesidad de provisiones. A medida que crecía el hambre los derechos de propiedad dejaron de ser considerados. Los campesinos salieron a defender con las armas sus establos, sus graneros y los cultivos de tubérculos que estaban madurando. Muchas personas, como mi hermano, miraban ahora hacia el este, y había algunas almas desesperadas que incluso volvían hacia Londres para conseguir comida. Se trataba sobre todo de gente de los suburbios del norte, cuyo conocimiento del Humo Negro procedía de oídas. Mi hermano oyó que cerca de la mitad de los miembros del gobierno se había reunido en Birmingham, y que se estaban preparando enormes cantidades de explosivos de gran potencia para ser utilizados en las minas automáticas de las comarcas del Midland.

También se le informó de que la Midland Railway Company había sustituido las deserciones del primer día de pánico, había reanudado el tráfico y ponía en marcha trenes hacia el norte desde St. Albans para aliviar la congestión de las comarcas del interior. También había un cartel en Chipping Ongar que anunciaba que había grandes reservas de harina en las ciudades del norte y que en veinticuatro horas se distribuiría pan entre la gente hambrienta de los alrededores. Pero esta información no le disuadió del plan de huida que había formado, y los tres siguieron hacia el este durante todo el día, sin oír más sobre la distribución de pan que esta promesa. De hecho, nadie más oyó hablar de ello. Esa noche cayó la séptima estrella sobre Primrose Hill. Cayó mientras la señorita Elphinstone estaba vigilando, pues se encargaba de esa tarea alternativamente con mi hermano. Ella la vio.

El miércoles los tres fugitivos —habían pasado la noche en un campo de trigo sin madurar— llegaron a Chelmsford, y allí un grupo de habitantes, autodenominado Comité de Abastecimiento Público, se apoderó del poni como provisión, y no quisieron dar nada a cambio sino la promesa de participar en el abastecimiento al día siguiente. También hubo rumores de marcianos en Epping y noticias de la destrucción de Waltham Abbey Powder Mills en un vano intento de volar uno de los invasores.

La gente vigilaba a los marcianos desde las torres de la iglesia. Mi hermano, por suerte para él, prefirió avanzar de inmediato hacia la costa en lugar de esperar y comer, aunque los tres tenían mucha hambre. Al mediodía pasaron por Tillingham, que, curiosamente, parecía estar bastante silencioso y desierto, salvo por algunos saqueadores furtivos que buscaban comida. Cerca de Tillingham, de repente, tuvieron a la vista el mar y la más asombrosa multitud de embarcaciones de todo tipo que es posible imaginar.

Porque después de que los marineros ya no pudieron remontar el Támesis llegaron a la costa de Essex, a Harwich y Walton y Clacton, y después a Foulness y Shoebury, para sacar a la gente. Se encontraban en una enorme curva en forma de hoz que se desvanecía en la niebla al final hacia el Naze. Cerca de la costa había una multitud de barcos de pesca —ingleses, escoceses, franceses, holandeses y suecos—; lanchas de vapor del Támesis, yates, barcos eléctricos; y más allá había barcos de mayor tonelaje, una multitud de sucios colectores, barcos mercantes, de ganado, de pasajeros, tanques de petróleo, navíos de comercio oceánicos, incluso un viejo transporte blanco, pulcros transatlánticos blancos y grises de Southampton y Hamburgo; y a lo largo de la costa azul, al otro lado del Blackwater, mi hermano podía distinguir vagamente un denso enjambre de embarcaciones que se peleaban con la gente en la playa, un enjambre que también se extendía por el Blackwater casi hasta Maldon.

A un par de millas yacía un acorazado, muy bajo en el agua, casi, a la percepción de mi hermano, como un barco anegado. Se trataba del espolón Thunder Child. Era el único buque de guerra a la vista, pero a lo lejos, a la derecha, sobre la superficie lisa del mar —pues aquel día había una calma total—, se extendía una serpiente de humo negro que señalaba los otros acorazados de la Flota del Canal, que rondaban en una línea extendida, con el vapor en alto y listos para la acción, a través del estuario del Támesis y durante el curso de la conquista marciana, vigilantes y sin embargo impotentes para impedirla.

Al ver el mar, la señora Elphinstone, a pesar de las promesas de su cuñada, se dejó llevar por el pánico. Nunca había salido de Inglaterra, prefería morir antes que confiarse sin amigos en un país extranjero, etc. Parecía, pobre mujer, imaginar que los franceses y los marcianos podrían resultar muy similares. Durante los dos días de viaje se había puesto cada vez más histérica, temerosa y deprimida. Su gran idea era volver a Stanmore. Las cosas siempre habían estado bien y seguras en Stanmore. Encontrarían a George en Stanmore....

Con gran dificultad pudieron bajarla a la playa, donde al poco tiempo mi hermano logró llamar la atención de unos hombres que venían en un vapor de remos desde el Támesis. Enviaron una embarcación y negociaron treinta y seis libras por los tres. El vapor se dirigía, dijeron estos hombres, a Ostende.

Eran aproximadamente las dos de la tarde cuando mi hermano, después de haber pagado el billete en la pasarela, se encontró a salvo a bordo del barco de vapor con sus compañeras. Había comida a bordo, aunque a precios exorbitantes, y los tres se las ingeniaron para comer en uno de los asientos de proa.

Ya había unos cuarenta pasajeros a bordo, algunos de los cuales habían gastado su último dinero en asegurarse un pasaje, pero el capitán hizo quedarse el Blackwater hasta las cinco de la tarde, recogiendo pasajeros hasta que los asientos de cubierta estaban incluso peligrosamente llenos. Probablemente habría permanecido más tiempo de no ser por el sonido de los cañones que comenzó a esa hora en el sur. Como si se tratara de una respuesta, el acorazado que estaba en el mar disparó un pequeño cañón e izó una ristra de banderas. Un chorro de humo salió de sus chimeneas.

Algunos de los pasajeros creían que los disparos procedían de Shoeburyness, hasta que notaron que eran cada vez más fuertes. Al mismo tiempo, a lo lejos, en el sureste, los mástiles y los armazones de tres acorazados se elevaban uno tras otro fuera del mar, bajo nubes de humo negro. Pero la atención de mi hermano volvió rápidamente a los disparos lejanos en el sur. Le pareció ver una columna de humo que surgía de la lejana bruma gris.

El pequeño vapor ya se abría paso hacia el este de la gran media luna de barcos, y la baja costa de Essex se volvía azul y brumosa, cuando apareció un marciano, pequeño y tenue en la remota distancia, avanzando por la fangosa costa desde la dirección de Foulness. En ese momento, el capitán en el puente juró a voz en cuello con miedo y rabia por su propio retraso, y los remos parecían contagiados de su terror. Todas las almas a bordo se colocaron en los macarrones o en los asientos del vapor y miraron fijamente aquella forma lejana, más alta que los árboles o las torres de las iglesias del interior, y que avanzaba con una parodia pausada de zancada humana.

Era el primer marciano que mi hermano veía, y se quedó de pie, más asombrado que aterrorizado, observando a este Titán que avanzaba deliberadamente hacia la embarcación, adentrándose cada vez más en el agua a medida que la costa se alejaba. Luego, más allá del Crouch, apareció otro, caminando a grandes zancadas sobre unos árboles achaparrados, y luego otro, aún más lejos, vadeando profundamente por un lodazal brillante que parecía colgar a medio camino entre el mar y el cielo. Todos ellos se dirigían hacia el mar, como si quisieran interceptar la huida de las multitudinarias embarcaciones que se agolpaban entre Foulness y el Naze. A pesar de los palpitantes esfuerzos de los motores de la pequeña embarcación de remos, y de la vertiginosa espuma que sus ruedas arrojaban tras ella, ésta retrocedía con aterradora lentitud ante aquel ominoso avance.

Mirando hacia el noroeste, mi hermano vio la gran media luna de barcos que ya se retorcía con el terror que se acercaba; un barco que pasaba detrás de otro, otro que se acercaba de costado a costado, barcos de vapor que silbaban y despedían grandes cantidades de vapor, velas que se desplegaban, lanchas que se dirigían de un lado a otro. Él estaba tan fascinado por todo esto y por el peligro que se arrastraba hacia la izquierda, que no tenía ojos para nada más allá del mar. Y entonces un rápido movimiento del barco de vapor (que había girado repentinamente para evitar ser atropellado) lo arrojó de cabeza desde el asiento en el que estaba. Hubo gritos a su alrededor, un pisoteo de pies y una ovación que pareció ser respondida débilmente. El barco de vapor se tambaleó y le hizo rodar sobre sus manos.

Se puso en pie de un salto y vio a estribor, y a no más de cien yardas de su barco escorado y cabeceante, un enorme bulto de hierro como la hoja de un arado que rasgaba el agua, lanzándola a ambos lados en enormes olas de espuma que saltaban hacia el vapor, lanzando sus remos impotentes al aire, y luego succionando su cubierta hasta casi la línea de flotación.

Un chorro de agua cegó a mi hermano por un momento. Cuando su vista volvió a estar clara vio que el monstruo había pasado y se dirgía hacia la costa. De esta estructura cabalgante se alzaban grandes estructuras de hierro, de las que se proyectaban dos embudos gemelos que escupían una humeante ráfaga de fuego. Era el espolón torpedero, el Thunder Child, que se lanzaba de lleno al rescate de la embarcación amenazada.

Manteniendo el equilibrio en la cubierta agarrada a los macarrones, mi hermano miró de nuevo a los marcianos más allá de este leviatán que embestía, y vio que los tres estaban ahora muy juntos y se encontraban tan lejos en el mar que los soportes de sus trípodes estaban casi completamente sumergidos. Así hundidos, y vistos en perspectiva remota, parecían mucho menos formidables que el enorme bulto de hierro en cuya estela el vapor se lanzaba tan impotente. Parece que miraban con asombro a este nuevo antagonista. Para su inteligencia, tal vez, el gigante era incluso otro como ellos. El Thunder Child no disparó, sino que simplemente se dirigió a toda velocidad hacia ellos. Probablemente, el hecho de no disparar es lo que le permitió acercarse tanto al enemigo. No sabían qué hacer con la embarcación. Un solo proyectil y la habrían mandado al fondo inmediatamente con el Rayo de Calor.

El barco navegaba a tal velocidad que en un minuto parecía estar a medio camino entre el barco de vapor y los marcianos, una mole negra que disminuía frente a la extensión horizontal de la costa de Essex.

De repente, el primer marciano bajó su tubo y descargó un bote de gas negro contra el acorazado. Éste golpeó su costado de babor y se desprendió un chorro de tinta que rodó hacia el mar, un torrente de humo negro, del que el acorazado se alejó. Para los observadores del vapor, a poca altura y con el sol en los ojos, parecía como si ya estuviera entre los marcianos.

Vieron que las figuras esqueléticas se separaban y salían del agua mientras se retiraban hacia la orilla, y uno de ellos levantó el generador del Rayo de Calor, parecido a una cámara. Lo sostuvo apuntando oblicuamente hacia abajo, y un banco de vapor surgió del agua al tocarlo. Debió de atravesar el hierro de la borda del barco como una barra de hierro al rojo vivo atraviesa el papel.

Un destello de llama se elevó a través del vapor ascendente, y entonces el marciano se tambaleó y se sacudió. A continuación se desplomó, y una gran masa de agua y vapor se disparó en el aire. Los cañones del Thunder Child sonaron a través del tufo, disparándose uno tras otro, y un disparo salpicó el agua a gran altura cerca del barco de vapor, rebotó hacia los otros barcos que huían hacia el norte, y destrozó una lancha.

Pero nadie le hizo mucho caso. Al ver el derrumbe del marciano, el capitán del puente gritó inarticuladamente, y todos los pasajeros que se agolpaban en la popa del vapor gritaron al mismo tiempo. Y luego volvieron a gritar. Porque, surgiendo más allá del blanco vapor, se dirigía algo largo y negro, cuyas llamas brotaban de sus partes centrales, sus ventiladores y embudos escupían fuego.

El destructor seguía con vida; el mecanismo de dirección, al parecer, estaba intacto y sus motores funcionaban. Se dirigió directamente hacia un segundo marciano, y estaba a menos de cien yardas de él cuando el Rayo de Calor lo atacó. Entonces, con un violento golpe, un destello cegador, sus cubiertas y sus chimeneas saltaron hacia arriba. El marciano se tambaleó por la violencia de la explosión; los restos en llamas, que seguían avanzando con el ímpetu de su paso, lo habían golpeado y arrugado como si fuera una cosa de cartón. Mi hermano gritó involuntariamente. Un tumulto hirviente de vapor volvió a ocultar la vista.

«¡Dos!», gritó el capitán.

Todo el mundo gritaba. Todo el barco de vapor, de punta a punta, sonó con una frenética ovación que fue iniciada por un barco y luego por todos ellos, en la multitud de barcos y botes que se dirigían al mar.

El vapor se mantuvo en el agua durante muchos minutos, ocultando al tercer marciano y la costa. Durante todo este tiempo, el barco remaba constantemente hacia el mar y se alejaba del combate; y cuando por fin se despejó la confusión, el banco de vapor negro a la deriva se interpuso, y no se pudo distinguir nada del Thunder Child, ni tampoco se pudo ver al tercer marciano. Pero los acorazados que se encontraban en el mar estaban ahora muy cerca y se acercaban a la orilla más allá del barco de vapor.

El pequeño buque continuó avanzando hacia el mar, y los acorazados retrocedieron lentamente hacia la costa, que seguía oculta por un banco jaspeado de vapor, en parte vapor, en parte gas negro, que se arremolinaba y combinaba de la manera más extraña. La flota de refugiados se dispersaba hacia el noreste; varios paquebotes navegaban entre los acorazados y el barco de vapor. Al cabo de un rato, y antes de que alcanzaran el banco de nubes que se hundía, los buques de guerra giraron hacia el norte, y luego doblaron bruscamente y se adentraron en la espesa bruma de la tarde hacia el sur. La costa se desvaneció, y al final fue indistinguible entre los bajos bancos de nubes que se acumulaban alrededor del sol que se hundía.

Entonces, de repente, de la bruma dorada del atardecer surgió la vibración de los cañones y una forma de sombras negras que se movía. Todo el mundo se acercó a la barandilla del vapor y miró hacia el oeste, pero no se distinguía nada con claridad. Una masa de humo se elevaba oblicuamente y tapaba la cara del sol. El vapor siguió su camino en un interminable suspenso.

El sol se hundió en las nubes grises, el cielo se sonrojó y oscureció, el lucero de la tarde tembló a la vista. El crepúsculo era profundo cuando el capitán gritó y señaló. Mi hermano forzó la vista. Algo se dirigió hacia el cielo desde la grisura, se dirigió oblicuamente hacia arriba y muy rápidamente hacia la claridad luminosa por encima de las nubes en el cielo del oeste; algo plano y ancho, y muy grande, que se desplazó en una vasta curva, se hizo más pequeño, se hundió lentamente, y se desvaneció de nuevo en el misterioso gris de la noche. Y mientras huía, llovía oscuridad sobre la tierra.

LIBRO DOS – LA TIERRA BAJO LOS MARCIANOS

I – PISOTEADOS

En el primer libro me he desviado tanto de mis propias aventuras para contar las experiencias de mi hermano, que a lo largo de los dos últimos capítulos yo y el cura hemos estado merodeando en la casa vacía de Halliford a la que huimos para escapar del Humo Negro. Continuaré desde ese punto. Estuvimos allí toda la noche del domingo y todo el día siguiente —el día del pánico—, en una pequeña isla de luz diurna, aislada del resto del mundo por el Humo Negro. No pudimos hacer otra cosa que esperar en una dolorosa inactividad durante esos dos días agotadores.

Mi mente estaba ocupada con la ansiedad por mi esposa. Me la imaginaba en Leatherhead, aterrorizada, en peligro, llorándome ya como muerto. Me paseaba por las habitaciones y lloraba en voz alta cuando pensaba en cómo estaba aislado de ella, en todo lo que podría ocurrirle en mi ausencia. Sabía que mi primo era lo suficientemente valiente para cualquier emergencia, pero no era el tipo de hombre que se da cuenta del peligro rápidamente, que obrara rápidamente. Lo que se necesitaba ahora no era valentía, sino circunspección. Mi único consuelo era creer que los marcianos se movían hacia Londres y se alejaban de ella. Tales ansiedades vagas mantienen la mente sensible y dolorosa. Me cansé e irrité con las perpetuas aclamaciones del cura; me cansé de ver su egoísta desesperación. Después de algunas protestas ineficaces, me alejé de él y me quedé en una habitación —evidentemente un aula de niños— que contenía globos terráqueos, formularios y cuadernos. Cuando me siguió hasta allí, me dirigí a una habitación con cajas en la parte superior de la casa y, para estar a solas con mis dolorosas miserias, me encerré en ella.

Estuvimos irremediablemente acorralados por el Humo Negro todo ese día y la mañana del siguiente. El domingo por la tarde hubo señales de gente en la casa de al lado: una cara en una ventana y luces que se movían, y más tarde un portazo. Pero no sé quiénes eran ni qué fue de ellos. No vimos nada de ellos al día siguiente. El Humo Negro se desplazó lentamente hacia el río durante toda la mañana del lunes, acercándose cada vez más a nosotros, pasando por fin a lo largo de la calzada fuera de la casa que nos ocultaba.

Un marciano atravesó los campos hacia el mediodía, lanzando un chorro de vapor sobrecalentado que silbó contra las paredes, rompió todas las ventanas que tocó y escaldó la mano del cura cuando huía de la habitación delantera. Cuando por fin nos arrastramos por las habitaciones empapadas y miramos de nuevo hacia fuera, el territorio hacia el norte se veía tal como si hubiera pasado una negra tormenta de nieve. Al mirar hacia el río, nos asombró ver un inexplicable color rojo que se mezclaba con el negro de los prados calcinados.

Durante un tiempo no vimos cómo afectaba este cambio a nuestra posición, salvo que nos habíamos librado del miedo al Humo Negro. Pero más tarde percibí que ya no estábamos encerrados, que ahora podíamos escapar. Tan pronto como me di cuenta de que la vía de escape estaba abierta, mi sueño de acción regresó. Pero el cura estaba aletargado, irracional.

«Estamos a salvo aquí», repitió él; «a salvo aquí».

Resolví dejarlo, ¡ojalá lo hubiera hecho! Más sabio ahora por las enseñanzas del artillero, busqué comida y bebida. Había encontrado aceite y trapos para mis quemaduras, y también tomé un sombrero y una camisa de franela que encontré en uno de los dormitorios. Cuando le quedó claro que tenía la intención de ir solo —me había reconciliado con la idea de ir solo—, se energizó de repente para venir. Y estando todo en calma durante la tarde, partimos hacia las cinco, según debo juzgar, por el camino ennegrecido hacia Sunbury.

En Sunbury, y a intervalos a lo largo de la carretera, había cadáveres que yacían en actitudes contorsionadas, tanto de caballos como de hombres, carros volcados y equipajes, todo cubierto densamente de polvo negro. Ese manto de polvo ceniciento me hizo pensar en lo que había leído sobre la destrucción de Pompeya. Llegamos a Hampton Court sin contratiempos, con nuestras mentes llenas de apariciones extrañas y desconocidas, y en Hampton Court nuestros ojos se sintieron aliviados al encontrar una parcela de verde que había escapado a la sofocante estela. Atravesamos Bushey Park, con sus ciervos yendo y viniendo bajo los castaños, y algunos hombres y mujeres que se apresuraban a lo lejos hacia Hampton, y así llegamos a Twickenham. Estas fueron las primeras personas que vimos.

Al otro lado de la carretera, los bosques más allá de Ham y Petersham seguían ardiendo. Twickenham no había sido afectada por el Rayo de Calor ni por el Humo Negro, y había más gente por aquí, aunque nadie podía darnos noticias. En su mayor parte eran como nosotros, que aprovechaban la calma para cambiar de lugar. Tengo la impresión de que muchas de las casas de aquí estaban todavía ocupadas por habitantes asustados, demasiado asustados incluso para huir. También aquí las pruebas de una huida precipitada eran abundantes a lo largo de la carretera. Recuerdo muy bien tres bicicletas destrozadas en un montón, golpeadas en la carretera por las ruedas de carros. Cruzamos Richmond Bridge sobre las ocho y media. Nos apresuramos a cruzar el puente así expuesto, por supuesto, pero noté que flotaban por la corriente varias masas rojas, algunas de muchos pies de ancho. No sabía lo que eran —no había tiempo para examinarlas— y les di una interpretación más horrible de lo que merecían. También aquí, en el lado de Surrey, había polvo negro que había sido humo y cadáveres, un montón cerca de la estación; pero no vimos a los marcianos hasta que nos acercamos a Barnes.

Vimos en la ennegrecida distancia a un grupo de tres personas corriendo por una calle lateral hacia el río, pero, por lo demás, todo parecía desierto. En la colina la ciudad de Richmond ardía vigorosamente; fuera de la ciudad de Richmond no había rastro del Humo Negro.

De repente, cuando nos acercábamos a Kew, se acercó un grupo de gente corriendo, y la parte superior de una máquina de combate marciana se asomó por encima de los tejados, a menos de cien yardas de nosotros. Nos quedamos atónitos ante nuestro peligro, si el marciano hubiera mirado hacia abajo habríamos perecido inmediatamente. Estábamos tan aterrorizados que no nos atrevimos a seguir adelante, sino que nos apartamos y nos escondimos en un cobertizo del jardín. Allí se agachó el cura, llorando en silencio y negándose a continuar.

Pero mi idea fija de llegar a Leatherhead no me dejaba descansar, y en el crepúsculo me aventuré de nuevo. Atravesé unos arbustos y seguí por un camino junto a una gran casa, y así salí a la carretera hacia Kew. Dejé al cura en el cobertizo, pero vino corriendo tras de mí.

Esa segunda salida fue la cosa más temeraria que he hecho. Porque era evidente que los marcianos nos rodeaban. Apenas el cura me alcanzó, vimos la máquina de combate que habíamos visto antes, u otra, a lo lejos, a través de los prados, en dirección a Kew Lodge. Cuatro o cinco pequeñas figuras negras se apresuraron ante ella a través del verde-gris del campo, y en un momento fue evidente que este marciano los perseguía. En tres zancadas estaba entre ellos, y corrían en todas direcciones bajo sus pies. No utilizó ningún Rayo de Calor para destruirlos, sino que los recogió uno por uno. Al parecer, los arrojó en el gran soporte metálico que se proyectaba detrás de él, de forma parecida a la cesta de un obrero que cuelga de su hombro.

Fue la primera vez que me di cuenta de que los marcianos podían tener otro propósito —y no la destrucción— con la humanidad derrotada. Nos quedamos un momento petrificados, luego nos dimos la vuelta y huimos a través de una puerta que había detrás de nosotros hacia un jardín amurallado, caímos en una zanja, afortunadamente (en lugar de encontrarla), y nos quedamos allí, sin apenas atrevernos a susurrar hasta que se vieron las estrellas.

Supongo que fueron casi las once antes de que reuniéramos el valor para reemprender la marcha, sin aventurarnos ya en el camino, sino escabulléndonos a lo largo de los setos y a través de las plantaciones, y vigilando concienzudamente en la oscuridad, él a la derecha y yo a la izquierda, en busca de los marcianos, que parecían estar a nuestro alrededor. En un lugar nos topamos con una zona chamuscada y ennegrecida, ahora fría y cenicienta, y con un número de cadáveres dispersos de hombres, quemados horriblemente por la cabeza y los troncos, pero con las piernas y las botas casi intactas; también caballos muertos, a unos cincuenta pies, detrás de una línea de cuatro cañones arrancados y carros de combate destrozados.

Al parecer, Sheen había escapado a la destrucción, pero el lugar estaba silencioso y desierto. Aquí no encontramos ningún muerto, aunque la noche era demasiado oscura para que pudiéramos ver los caminos laterales del lugar. En Sheen, mi compañero se quejó repentinamente de cansancio y sed, y decidimos probar en una de las casas.

La primera casa en la que entramos, después de una pequeña dificultad con la ventana, era una pequeña villa adosada, y no encontré nada comestible en el lugar, salvo un poco de queso mohoso. Sin embargo, había agua para beber, y cogí un hacha, que prometía ser útil en nuestro próximo asalto a una casa.

Luego cruzamos hasta un lugar donde la carretera gira hacia Mortlake. Aquí había una casa blanca dentro de un jardín amurallado, y en la despensa de este domicilio encontramos una reserva de alimentos: dos panes grandes, un filete sin cocinar y la mitad de un jamón. Doy este catálogo tan precisamente porque, como sucedió, estábamos destinados a subsistir con esta tienda durante los siguientes quince días. Debajo de un estante había cerveza embotellada, dos bolsas de alubias blancas y algunas lechugas. Esta despensa se abría a una especie de cocina para lavar, y en ella había leña; también había un armario, en el que encontramos casi una docena de borgoñas, sopas y salmón en lata, y dos latas de galletas.

Nos sentamos en la cocina adyacente, en la oscuridad —pues no nos atrevimos a encender la luz—, y comimos pan y jamón, y bebimos cerveza de la misma botella. El cura, que seguía tímido e inquieto, se mostraba ahora, curiosamente, partidario de seguir adelante, y yo le instaba a juntar fuerzas comiendo cuando ocurrió lo que iba a encarcelarnos.

«Todavía no puede ser medianoche», dije, y entonces llegó un resplandor cegador de vívida luz verde. Todo lo que había en la cocina saltó, claramente visible en verde y negro, y desapareció de nuevo. Y luego siguió una conmoción como nunca antes ni después había escuchado. Justo después, como instantáneamente, vino un golpe detrás de mí, un choque de vidrios, un choque y traqueteo de mampostería cayendo a nuestro alrededor, y el yeso del techo cayó sobre nosotros, rompiendo en una multitud de fragmentos sobre nuestras cabezas. Yo caí de cabeza en el suelo contra el asa del horno y quedé aturdido. Estuve insensible durante mucho tiempo, según me dijo el cura, y cuando recobré el conocimiento estábamos de nuevo en la oscuridad, y él, con la cara mojada, como descubrí después, con sangre de un corte en la frente, me estaba despertando con agua.

Durante algún tiempo no pude recordar lo que había sucedido. Luego, las cosas vinieron a mí lentamente. Un moretón en la sien se hizo notar.

«¿Estás mejor?», preguntó el cura en un susurro.

Al final le respondí. Me senté.

«No te muevas», dijo. «El suelo está cubierto de vajilla rota del tocador. No puedes moverte sin hacer ruido, y me imagino que están fuera».

Los dos estábamos sentados en silencio, de modo que incluso podíamos oírnos respirar. Todo parecía mortalmente quieto, pero en una ocasión algo cercano a nosotros, algún yeso o ladrillo roto, se deslizó hacia abajo con un sonido estruendoso. Afuera y muy cerca se escuchaba un traqueteo intermitente y metálico.

«¡Eso!», dijo el cura, cuando en seguida volvió a ocurrir.

«Sí», dije. «¿Pero qué es?».

«¡Un marciano!», dijo el cura.

Volví a escuchar.

«No parece ser el Rayo de Calor», dije, y por un momento me sentí inclinado a pensar que una de las grandes máquinas de combate había tropezado con la casa, como había visto tropezar a una contra la torre de la iglesia de Shepperton.

Nuestra situación era tan extraña e incomprensible que durante tres o cuatro horas, hasta que amaneció, apenas nos movimos. Y entonces la luz se filtró, no a través de la ventana, que seguía estando negra, sino a través de una abertura triangular entre una viga y un montón de ladrillos rotos en la pared detrás de nosotros. El interior de la cocina lo vimos gris por primera vez.

La ventana había sido reventada por una masa de moho del jardín, que caía sobre la mesa en la que habíamos estado sentados y se extendía alrededor de nuestros pies. En el exterior, la tierra estaba amontonada contra la casa. En la parte superior del marco de la ventana podíamos ver un tubo de desagüe arrancado. El suelo estaba lleno de herrajes rotos; el extremo de la cocina que daba a la casa estaba roto, y como la luz del día brillaba allí, era evidente que la mayor parte de la casa se había derrumbado. Contrastaba vivamente con esta ruina la pulcra cómoda, pintada a la moda, de color verde pálido, y con una serie de recipientes de cobre y estaño debajo de ella; se veía el papel pintado imitando azulejos azules y blancos, y un par de suplementos de colores que revoloteaban por las paredes encima de la cocina.

A medida que el amanecer se hacía más claro, vimos a través de la brecha en la pared el cuerpo de un marciano, que se mantenía como centinela, supongo, sobre el cilindro aún incandescente. Al ver eso, nos arrastramos tan discretamente como era posible, fuera de la penumbra de la cocina hacia la oscuridad del fregadero.

De repente, la interpretación correcta surgió en mi mente.

«El quinto cilindro», susurré, «el quinto disparo de Marte, ha golpeado esta casa y nos ha enterrado bajo las ruinas».

El cura guardó silencio durante un rato, y luego susurró: «¡Dios se apiade de nosotros!».

Le oí gemir para sus adentros.

A excepción de ese sonido, permanecimos inmóviles en el fregadero; yo, por mi parte, apenas me atrevía a respirar, y estaba sentado con los ojos fijos en la débil luz de la puerta de la cocina. Apenas podía ver la cara del cura, una forma ovalada y tenue, y su cuello y sus puños. Afuera comenzó un martilleo metálico, luego un violento ulular, y de nuevo, tras un intervalo de silencio, un silbido como el de un motor. Estos ruidos, en su mayor parte misteriosos, continuaron de forma intermitente, y parecían aumentar en número a medida que pasaba el tiempo. En un momento dado, comenzó y continuó un ruido sordo y una vibración que hizo que todo lo que nos rodeaba se estremeciera y que los recipientes de la despensa sonaran y se desplazaran. Una vez la luz se eclipsó, y la fantasmagórica puerta de la cocina quedó absolutamente a oscuras. Durante muchas horas debimos estar agazapados allí, en silencio y temblando, hasta que nuestra cansada atención falló...

Por fin me encontré despierto y con mucha hambre. Me inclino a creer que debimos pasar la mayor parte de un día antes de despertarnos. Mi hambre era tan fuerte que me movió a la acción. Le dije al cura que iba a buscar comida, y me dirigí hacia la despensa. No me respondió, pero tan pronto como empecé a comer, el débil ruido que hice le despertó y le oí arrastrarse tras de mí.

II – LO QUE VIMOS DESDE LA CASA EN RUINAS

Después de comer, nos arrastramos hasta el fregadero, y allí debí quedarme dormido de nuevo, porque cuando miré a mi alrededor estaba solo. La vibración del ruido continuaba con una persistencia agotadora. Susurré varias veces llamando al cura, y por fin me dirigí a la puerta de la cocina. Todavía era de día, y lo vi al otro lado de la habitación, recostado contra el agujero triangular que daba a los marcianos. Tenía los hombros encorvados, de modo que su cabeza me quedaba oculta.

Podía oír una serie de ruidos casi como los de un cobertizo para motores; y el lugar se mecía con ese golpeteo. A través de la abertura en la pared pude ver la copa de un árbol tocada de oro y el cálido azul de un tranquilo cielo nocturno. Durante un minuto, más o menos, me quedé observando al cura, y luego avancé, agachado y pisando con sumo cuidado entre la vajilla rota que cubría el suelo.

Toqué la pierna del cura y éste se sobresaltó tan violentamente que una masa de yeso se deslizó hacia el exterior y cayó con un fuerte impacto. Me agarré a su brazo, temiendo que pudiera gritar, y durante mucho tiempo nos quedamos agachados e inmóviles. Luego me volví para ver cuánto quedaba de nuestra muralla. El desprendimiento del yeso había dejado una hendidura vertical abierta en los escombros, y levantándome cautelosamente a través de una viga pude ver por esta brecha lo que de la noche a la mañana había sido una tranquila calzada suburbana. El cambio que vimos fue enorme.

El quinto cilindro debió de haber caído justo en medio de la casa que habíamos visitado primero. El edificio había desaparecido, esta a completamente destrozado, pulverizado y dispersado por el golpe. El cilindro yacía ahora muy por debajo de los cimientos originales, en un agujero que ya era mucho más grande que la fosa en la que había mirado en Woking. La tierra que lo rodeaba había salpicado bajo aquel tremendo impacto —«salpicado» es la única palabra— y yacía en montones que ocultaban las masas de las casas adyacentes. Se había comportado exactamente como el barro bajo el violento golpe de un martillo. Nuestra casa se había derrumbado hacia atrás; la parte delantera, incluso en la planta baja, había sido destruida por completo; por casualidad, la cocina y el fregadero habían escapado, y se encontraban ahora enterrados bajo la tierra y las ruinas, encerrados por toneladas de tierra por todos los lados, excepto hacia el cilindro. Sobre ese lado colgábamos ahora, en el mismo borde del gran pozo circular que los marcianos estaban construyendo. El fuerte ruido de los golpes venía evidentemente desde detrás de nosotros, y de vez en cuando un vapor verde brillante se elevaba como un velo a través de nuestra mirilla.

El cilindro estaba ya abierto en el centro de la fosa, y en el borde más alejado de la misma, entre los arbustos destrozados y cubiertos de grava, una de las grandes máquinas de combate, abandonada por su ocupante, se alzaba rígida y alta contra el cielo del atardecer. Al principio apenas me fijé en la fosa y en el cilindro —aunque me ha sido conveniente describirlos primero— a causa del extraordinario mecanismo brillante que vi ocupado en la excavación, y a causa de las extrañas criaturas que se arrastraban lenta y penosamente por el montón amontonado cerca de él.

El mecanismo fue ciertamente lo que primero atrajo mi atención. Era uno de esos complicados aparatos que desde entonces se han llamado máquinas de manipulación, y cuyo estudio ha dado ya un enorme impulso a la invención terrestre. Tal y como lo vi primero, era una especie de araña metálica con cinco patas articuladas y ágiles, y con un número extraordinario de palancas articuladas, barras y tentáculos para alcanzar y agarrar en su cuerpo. La mayor parte de sus brazos estaban retraídos, pero con tres largos tentáculos extraía una serie de varillas, placas y barras que revestían la cubierta y aparentemente reforzaban las paredes del cilindro. A medida que los extraía, los levantaba y los depositaba en una superficie de tierra plana detrás del aparato.

Su movimiento era tan rápido, complejo y perfecto que al principio no lo vi como una máquina, a pesar de su brillo metálico. Las máquinas de combate estaban coordinadas y animadas hasta un punto extraordinario, pero nada comparable a esto. La gente que nunca ha visto estas estructuras, y que sólo cuenta con los esfuerzos mal imaginados de los artistas o con las descripciones imperfectas de testigos presenciales como yo, apenas se da cuenta de esta cualidad viva.

Recuerdo especialmente la ilustración de uno de los primeros panfletos que ofrecía un relato consecutivo de la guerra. El artista había hecho evidentemente un estudio apresurado de una de las máquinas de combate, y ahí terminaban sus conocimientos. Las presentó como trípodes inclinados y rígidos, sin flexibilidad ni sutileza, y con una monotonía de efecto totalmente engañosa. El panfleto que contenía estas representaciones se puso de moda, y las menciono aquí simplemente para advertir al lector de la impresión que pueden haber creado. No se parecían más a los marcianos que vi en acción que una muñeca holandesa a un ser humano. En mi opinión, el folleto habría sido mucho mejor sin ellas.

Al principio, digo, la máquina manipuladora no me impresionó como una máquina, sino como una criatura parecida a un cangrejo con un tegumento reluciente, el marciano que controlaba, cuyos delicados tentáculos accionaban sus movimientos, parecía ser simplemente el equivalente de la parte cerebral del cangrejo. Pero entonces percibí el parecido de su tegumento marrón grisáceo, brillante y coriáceo con el de los otros cuerpos que se extendían más allá, y me di cuenta de la verdadera naturaleza de este hábil trabajador. Al darme cuenta de ello, mi interés se desplazó hacia esas otras criaturas, los verdaderos marcianos. Ya había tenido una impresión transitoria de ellos, y la primera náusea ya no obstruía mi observación. Además, estaba oculto e inmóvil, y no tenía ninguna urgencia de acción.

Ahora vi que eran las criaturas más extraterrestres que es posible concebir. Eran enormes cuerpos redondos —o, mejor dicho, cabezas— de unos cuatro pies de diámetro, y cada cuerpo tenía delante una cara. Esta cara no tenía orificios nasales —de hecho, los marcianos no parecen haber tenido ningún sentido del olfato—, pero tenía un par de ojos muy grandes de color oscuro, y justo debajo de esto una especie de pico carnoso. En la parte posterior de esta cabeza o cuerpo —apenas sé cómo hablar de ella— se encontraba la única y apretada superficie timpánica, que desde entonces se sabe que es anatómicamente una oreja, aunque debe haber sido casi inútil en nuestro aire denso. Alrededor de la boca había dieciséis tentáculos delgados, casi como un látigo, dispuestos en dos grupos de ocho cada uno. Desde entonces, el distinguido anatomista, el profesor Howes, ha bautizado estos racimos con el nombre de «manos». Incluso cuando vi a estos marcianos por primera vez, parecían estar intentando levantarse sobre estas manos, pero por supuesto, con el mayor peso de las condiciones terrestres, esto era imposible. Hay razones para suponer que en Marte pueden haber avanzado sobre ellas con cierta facilidad.

La anatomía interna, puedo comentar aquí, como la disección ha demostrado desde entonces, era casi igualmente simple. La mayor parte de la estructura era el cerebro, que comandaba enormes nervios que iban a los ojos, al oído y a los tentáculos táctiles. Además, estaban los voluminosos pulmones, a los que daba la boca, y luego el corazón y sus vasos. La angustia pulmonar causada por la atmósfera más densa y la mayor atracción gravitatoria era demasiado evidente en los movimientos convulsivos de la piel exterior.

Y esta era la suma de los órganos marcianos. Por extraño que pueda parecer a un ser humano, todo el complejo aparato de la digestión, que constituye la mayor parte de nuestro cuerpo, no existía en los marcianos. Eran cabezas, simplemente cabezas. No tenían entrañas. No comían, y mucho menos digerían. En cambio, tomaban la sangre fresca y viva de otras criaturas y la inyectaban en sus propias venas. Yo mismo he visto cómo se hace esto, como mencionaré en su lugar. Pero, por muy aprensivo que parezca, no me atrevo a describir lo que no podría soportar ni siquiera viéndolo. Baste decir que la sangre obtenida de un animal aún vivo, en la mayoría de los casos de un ser humano, se introducía directamente por medio de una pequeña pipeta en el canal receptor...

La mera idea de esto es sin duda horriblemente repulsiva para nosotros, pero al mismo tiempo creo que deberíamos recordar lo repulsivos que serían nuestros hábitos carnívoros para un conejo inteligente.

Las ventajas fisiológicas de la práctica de la inyección son innegables, si se piensa en el tremendo desperdicio de tiempo y energía humanos ocasionado por la alimentación y el proceso digestivo. Nuestro cuerpo está formado en su mitad por glándulas, tubos y órganos, ocupados en convertir los alimentos heterogéneos en sangre. Los procesos digestivos y su reacción sobre el sistema nervioso minan nuestra fuerza y colorean nuestras mentes. Los hombres son felices o desgraciados según tengan hígados sanos o enfermos, o glándulas gástricas sanas. Pero los marcianos se elevan por encima de todas estas fluctuaciones orgánicas del estado de ánimo y la emoción.

Su innegable preferencia por los humanos como fuente de alimentación se explica en parte por la naturaleza de los restos de las víctimas que trajeron consigo como provisiones desde Marte. Estas criaturas, a juzgar por los restos destrozados que han caído en manos humanas, eran bípedos con esqueletos endebles y silíceos (casi como los de las esponjas silíceas) y una musculatura débil, de unos seis pies de altura y con cabezas redondas y erguidas y grandes ojos. Parece que trajeron dos o tres de ellos en cada cilindro, y todos fueron asesinados antes de llegar a tierra. Menos mal, porque el mero intento de mantenerse erguidos en nuestro planeta les habría roto todos los huesos del cuerpo.

Y ya que me dedico a esta descripción puedo añadir en este lugar ciertos detalles adicionales que, aunque no eran todos evidentes para nosotros en ese momento, permitirán al lector que no esté familiarizado con ellos formarse una imagen más clara de estas ofensivas criaturas.

En otros tres puntos su fisiología difería extrañamente de la nuestra. Sus organismos no dormían, como tampoco duerme el corazón del hombre. Como no tenían ningún mecanismo muscular extenso para recuperarse, esa extinción periódica era desconocida para ellos. Al parecer, tenían poco o ningún sentido de la fatiga. En la tierra nunca habrían podido moverse sin esfuerzo, y sin embargo, hasta el último momento se mantuvieron en acción. En veinticuatro horas hacían veinticuatro horas de trabajo, como quizás también en la Tierra es el caso de las hormigas.

En segundo lugar, por maravilloso que parezca en un mundo sexual, los marcianos carecían absolutamente de sexo y, por lo tanto, de todas las tumultuosas emociones que surgen de esa diferencia entre los humanos. Un joven marciano, ya no se puede discutir, nació realmente uno en la Tierra durante la guerra, se le encontró unido a su progenitor, un brote parcial, como brotan los jóvenes lirios, o como los jóvenes animales se gestan en el pólipo de agua dulce.

En el hombre, en todos los animales terrestres superiores, tal método de reproducción ha desaparecido; pero incluso en esta tierra fue ciertamente el método primitivo. Entre los animales inferiores, hasta aquellos primos hermanos de los animales vertebrados, los tunicados, los dos procesos se dan paralelamente, pero finalmente el método sexual sustituyó totalmente a su competidor. En Marte, sin embargo, parece que ha sucedido justamente lo contrario.

Es digno de mención que cierto escritor especulativo de reputación casi científica, que escribió mucho antes de la invasión marciana, predijo para el hombre una estructura final no muy diferente de la condición marciana actual. Su profecía, recuerdo, apareció en noviembre o diciembre de 1893 en una publicación ya desaparecida, el *Pall Mall Budget*, y recuerdo una caricatura de la misma en una revista premarciana llamada *Punch*. Señalaba —escribiendo en un tono insensato y caricaturesco— que la perfección de los aparatos mecánicos debía acabar sustituyendo a los miembros; la perfección de los aparatos químicos, a la digestión; que órganos como el pelo, la nariz externa, los dientes, las orejas y la barbilla ya no eran partes esenciales del ser humano, y que la tendencia de la selección natural iría en la dirección de su constante disminución a lo largo de las edades venideras. Sólo el cerebro seguiría siendo una necesidad cardinal. Sólo otra parte del cuerpo tenía argumentos sólidos para sobrevivir, y era la mano, «maestra y agente del cerebro». Mientras el resto del cuerpo disminuía, las manos aumentaban.

Hay muchas palabras verdaderas escritas en broma, y aquí, en los marcianos, tenemos sin duda la realización real de tal supresión del lado animal del organismo por la inteligencia. Para mí es bastante creíble que los marcianos puedan descender de seres no muy diferentes a nosotros, por un desarrollo gradual del cerebro y las manos (este último dando lugar finalmente a los dos racimos de delicados tentáculos) a expensas del resto del cuerpo. Sin el cuerpo, el cerebro se convertiría, por supuesto, en una mera inteligencia egoísta, sin nada del sustrato emocional del ser humano.

El último punto a destacar en el que los sistemas de estas criaturas difieren de los nuestros es en lo que podría pensarse que es un detalle muy trivial. Los microorganismos, que causan tantas enfermedades y dolores en la Tierra, o bien nunca han aparecido en Marte, o bien la ciencia sanitaria marciana los eliminó hace mucho tiempo. Cientos de enfermedades, todas las fiebres y contagios de la vida humana, la tisis, los cánceres, los tumores y esas morbilidades, nunca entraron en el esquema de su vida. Y hablando de las diferencias entre la vida en Marte y la vida terrestre, puedo aludir aquí a las curiosas sugerencias de la hierba roja.

Al parecer, el reino vegetal de Marte, en lugar de tener el verde como color dominante, es de un vivo color rojo sangre. En cualquier caso, las semillas que los marcianos trajeron (con intención o accidentalmente) dieron lugar en todos los casos a crecimientos de color rojo. Sin embargo, sólo la conocida popularmente como «hierba roja» se impuso en competencia con las formas terrestres. La enredadera roja tuvo un crecimiento bastante transitorio, y poca gente la ha visto crecer. Sin embargo, durante un tiempo, la hierba roja creció con un vigor y una exuberancia sorprendentes. Al tercer o cuarto día de nuestro encierro se extendía por los lados de la fosa y sus ramas, parecidas a las de los cactus, formaban una franja de color carmín en los bordes de nuestra ventana triangular. Y después la encontré extendida por todo el país, y especialmente donde había una corriente de agua.

Los marcianos tenían lo que parece haber sido un órgano auditivo, un único tambor redondo en la parte posterior de la cabeza-cuerpo, y ojos con un rango visual no muy diferente al nuestro, excepto que, según Philips, el azul y el violeta eran como el negro para ellos. Se supone comúnmente que se comunicaban por medio de sonidos y gesticulaciones tentaculares; esto se afirma, por ejemplo, en el hábil pero apresurado folleto (escrito evidentemente por alguien que no fue testigo presencial de las acciones marcianas) al que ya he aludido, y que, hasta ahora, ha sido la principal fuente de información sobre ellos. Ningún ser humano superviviente vio tanto a los marcianos en acción como yo. No me atribuyo el mérito de un accidente, pero el hecho es así. Y afirmo que los he observado de cerca una y otra vez, y que he visto a cuatro, cinco y (una vez) seis de ellos realizar juntos y con lentitud las operaciones más complicadas, sin sonido ni gesto alguno. Su peculiar grito precedía invariablemente a la alimentación; no tenía ninguna modulación, y no era, creo, en ningún sentido una señal, sino simplemente la expiración de aire preparada para la operación de succión. Tengo cierta pretensión de poseer al menos un conocimiento elemental de psicología, y en este asunto estoy convencido —tan firmemente como lo estoy de cualquier cosa— de que los marcianos intercambiaban pensamientos sin ninguna intermediación física. Y me he convencido de ello a pesar de fuertes prejuicios. Antes de la invasión marciana, como algún lector ocasional recordará, había escrito con cierta vehemencia contra la teoría telepática.

Los marcianos no llevaban ropa. Sus concepciones del ornamento y el decoro eran necesariamente diferentes de las nuestras; y no sólo eran evidentemente mucho menos sensibles a los cambios de temperatura que nosotros, sino que los cambios de presión no parecen haber afectado gravemente a su salud. Sin embargo, aunque no llevaban ropa, su gran superioridad sobre el hombre residía en los otros complementos artificiales de sus recursos corporales. Nosotros, los hombres, con nuestras bicicletas y patines, nuestras máquinas de vuelo Lilienthal, nuestras pistolas y palos, etc., sólo estamos en el principio de la evolución que los marcianos ya han llevado a cabo. Se han convertido prácticamente en meros cerebros, vistiendo diferentes cuerpos según sus necesidades, al igual que los hombres llevan trajes y cogen una bicicleta en caso de apuro o un paraguas en caso de lluvia. Y de sus aparatos, tal vez nada sea más maravilloso para un hombre que el curioso hecho de que lo que es la característica dominante de casi todos los aparatos humanos en el mecanismo está ausente: la rueda está ausente; entre todas las cosas que trajeron a la tierra no hay ningún rastro o sugerencia de su uso de ruedas. Al menos se habría esperado que lo hicieran en la locomoción. Y a este respecto es curioso observar que incluso en esta tierra la naturaleza nunca ha dado con la rueda, o ha preferido otros expedientes a su desarrollo. Y no sólo los marcianos no conocían (lo que es increíble), o se abstenían de la rueda, sino que en sus aparatos se hace un uso singularmente escaso del pivote fijo o del pivote relativamente fijo, con movimientos circulares en torno a él limitados a un plano. Casi todas las articulaciones de la maquinaria presentan un complicado sistema de piezas deslizantes que se mueven sobre cojinetes de fricción pequeños pero bellamente curvados. Y en cuanto a esta cuestión de detalle, es notable que las largas palancas de sus máquinas son accionadas en la mayoría de los casos por una especie de musculatura falsa de los discos en una vaina elástica; estos discos se polarizan y se juntan estrecha y poderosamente cuando son atravesados por una corriente eléctrica. De este modo se lograba el curioso paralelismo con los movimientos de los animales, tan sorprendente e inquietante para el observador humano. Tales cuasi-músculos abundaban en la máquina manipuladora de tipo cangrejo que, al asomarme por primera vez a la rendija, vi desembalar el cilindro. Parecía infinitamente más viva que los marcianos reales que yacían más allá de ella a la luz del atardecer, jadeando, agitando tentáculos ineficaces y moviéndose débilmente después de su vasto viaje a través del espacio.

Mientras seguía observando sus perezosos movimientos a la luz del sol, y observando cada extraño detalle de su forma, el cura me recordó su presencia tirando violentamente de mi brazo. Me volví hacia un rostro fruncido y unos labios silenciosos y elocuentes. Quería la rendija, que permitía a uno solo de nosotros asomarse a través de ella; y así tuve que renunciar a observarlos por un tiempo mientras él disfrutaba de ese privilegio.

Cuando volví a mirar, la atareada máquina de manipulación ya había reunido varias de las piezas del aparato que había sacado del cilindro, dándoles una forma inconfundiblemente parecida a la suya; y abajo, a la izquierda, había aparecido un pequeño y atareado mecanismo de excavación, que emitía chorros de vapor verde y se abría paso alrededor del pozo, excavando y encajonando de manera metódica y discriminante. Esto era lo que había provocado el golpeteo regular y los choques rítmicos que habían mantenido nuestro ruinoso refugio temblando. El tubo silbaba mientras trabajaba. Por lo que pude ver, la cosa no tenía ningún marciano que la dirigiera.

III – LOS DÍAS DE PRISIÓN

La llegada de una segunda máquina de combate nos hizo mudarnos de nuestra mirilla hacia el fregadero, pues temíamos que desde su elevación el marciano pudiera vernos detrás de nuestra barrera. Más tarde empezamos a sentirnos menos en peligro de sus ojos, porque para un ojo en el deslumbramiento de la luz del sol fuera de nuestro refugio debe haber sido una negrura absoluta, pero en un primer momento la menor sugerencia de acercamiento nos llevó a la cocina en la retirada palpitante. Sin embargo, por terrible que fuera el peligro que corríamos, la atracción de mirar era para ambos irresistible. Y recuerdo ahora con una especie de asombro que, a pesar del infinito peligro en que nos encontrábamos entre la inanición y una muerte aún más terrible, podíamos luchar amargamente por ese horrible privilegio de visualización. Corríamos por la cocina pasando de manera grotesca del afán al temor a hacer ruido, y nos golpeábamos, nos empujábamos y pateábamos, a pocas pulgadas de quedar expuestos.

El hecho es que teníamos disposiciones y hábitos de pensamiento y acción absolutamente incompatibles, y nuestro peligro y aislamiento no hacían sino acentuar la incompatibilidad. En Halliford ya había llegado a odiar el truco del cura, exclamando impotente, y su estúpida rigidez mental. Su interminable monólogo de murmullos viciaba cada esfuerzo que yo hacía para pensar en una línea de acción, y me llevaba a veces, así reprimido e intensificado, casi al borde de la locura. Era tan falto de contención como una mujer tonta. Lloraba durante horas, y creo sinceramente que hasta el final este niño mimado de la vida creía que sus débiles lágrimas eran en cierto modo eficaces. Y yo me sentaba en la oscuridad sin poder apartar mi mente de él a causa de sus importunidades. Él comía más que yo, y en vano le señalaba que nuestra única posibilidad de vida era quedarnos en la casa hasta que los marcianos hubiesen terminado con su fosa, que en esa larga paciencia podría llegar el momento en que necesitáramos comida. Él comía y bebía impulsivamente en copiosas porciones a largos intervalos. Dormía poco.

A medida que pasaban los días, su total despreocupación por cualquier consideración intensificó de tal manera nuestra angustia y peligro que, por mucho que odiara hacerlo, tuve que recurrir a las amenazas y, finalmente, a los golpes. Eso le hizo entrar en razón durante un tiempo. Pero era una de esas criaturas débiles, carentes de orgullo, timoratas, anémicas, de alma odiosa, llenas de astucia furtiva, que no se enfrentan ni a Dios ni a los hombres, que no se enfrentan ni siquiera a sí mismas.

Me resulta desagradable recordar y escribir estas cosas, pero las expongo para que a mi historia no le falte nada. Aquellos que han escapado a los aspectos oscuros y terribles de la vida encontrarán mi brutalidad, mi destello de rabia en nuestra tragedia final, bastante fácil de culpar; porque ellos saben lo que está mal tan bien como cualquiera, pero no lo que es posible para los hombres bajo la tortura. Pero aquellos que han estado bajo la sombra, que han descendido al menos a las cosas elementales, tendrán una caridad más amplia.

Y mientras dentro luchábamos en nuestra oscura y tenue contienda de susurros, comida y bebida arrebatada, manos agarradas y golpes, fuera, a la despiadada luz del sol de aquel terrible junio, estaba la extraña maravilla, la desconocida rutina de los marcianos en la fosa. Permítanme volver a esas primeras experiencias mías. Después de un largo rato me aventuré a volver a la mirilla para descubrir que los recién llegados habían sido reforzados por los ocupantes de al menos de tres de las máquinas de combate. Estos últimos habían traído consigo algunos aparatos nuevos que estaban ordenados alrededor del cilindro. La segunda máquina de manipulación estaba ya terminada y se ocupaba de servir uno de los nuevos artilugios que la gran máquina había traído. Se trataba de un objeto que se asemejaba a una lata de leche en su forma general, sobre el cual oscilaba un receptáculo en forma de pera, y del cual fluía un chorro de polvo blanco hacia un recipiente circular situado debajo.

Uno de los tentáculos de la máquina manipuladora le imprimía un movimiento oscilante. Con dos manos espatuladas, la máquina manipuladora extraía y arrojaba masas de arcilla en el receptáculo en forma de pera que había encima, mientras que con otro brazo abría periódicamente una puerta y sacaba tachuelas oxidadas y ennegrecidas de la parte central de la máquina. Otro tentáculo acerado dirigía el polvo de la cubeta a lo largo de un canal estriado hacia algún receptor que me quedaba oculto por el montón de polvo azulado. Desde este receptor invisible, un pequeño hilo de humo verde se elevaba verticalmente en el aire tranquilo. Mientras miraba, la máquina manipuladora, con un tenue y musical tintineo, extendió, de forma telescópica, un tentáculo que un momento antes había sido un mero saliente romo, hasta que su extremo quedó oculto tras el montículo de arcilla. En un segundo más, la máquina había levantado una barra de aluminio blanco a la vista, sin manchas, y brillando deslumbrantemente, y la depositó en una creciente pila de barras que se encontraban al lado de la fosa. Entre la puesta de sol y la luz de las estrellas, esta hábil máquina debió de fabricar más de cien barras de este tipo a partir de la arcilla cruda, y el montículo de polvo azulado se elevó sin cesar hasta coronar el lateral de la fosa.

El contraste entre los rápidos y complejos movimientos de estos artilugios y la inerte y jadeante torpeza de sus amos era agudo, y durante días tuve que repetirme a mí mismo que estos últimos eran realmente los vivos de las dos cosas.

El cura estaba en posesión de la rendija cuando los primeros hombres fueron llevados a la fosa. Yo estaba sentado abajo, acurrucado, escuchando con todos mis oídos. Él hizo un repentino movimiento hacia atrás, y yo, temiendo que nos observaran, me agaché en un espasmo de terror. Bajó deslizándose por la basura y se arrastró junto a mí en la oscuridad, inarticulado, gesticulando, y por un momento compartí su pánico. Su gesto me sugirió que había renunciado a la rendija y, al cabo de un rato, mi curiosidad me infundió valor y me levanté, pasé por encima de él y trepé hasta ella. Al principio no pude ver la razón de su frenético comportamiento. Había llegado el crepúsculo, las estrellas eran pequeñas y débiles, pero el pozo estaba iluminado por el vacilante fuego verde que salía de la fabricación de aluminio. Todo el panorama era un esquema parpadeante de destellos verdes y sombras negras oxidadas y cambiantes, extrañamente atrayente para los ojos. Los murciélagos pasaron por encima y a través de todo ello, sin prestar atención. Los marcianos ya no se veían, el montículo de polvo verde azulado se había levantado para cubrirlos de la vista, y una máquina de combate, con las extremidades contraídas, arrugadas y abreviadas, estaba de pie en la esquina de la fosa. Y entonces, entre el estruendo de la maquinaria, surgió una sospecha de voces humanas, que al principio sólo pude descartar.

Me agaché, observando atentamente a esta máquina de combate, convenciéndome ahora por primera vez de que la capucha contenía efectivamente un marciano. Al levantarse las llamas verdes pude ver el brillo aceitoso de su tegumento y el resplandor de sus ojos. Y de repente oí un grito, y vi un largo tentáculo que se extendía por encima del hombro de la máquina hasta la pequeña jaula que se encorvaba sobre su espalda. Entonces algo —algo que luchaba violentamente— se elevó en lo alto del cielo, un enigma negro y vago contra la luz de las estrellas; y cuando este objeto negro volvió a bajar, vi por el brillo verde que era un hombre. Por un instante fue claramente visible. Era un hombre corpulento, rubicundo, de mediana edad, bien vestido; tres días antes debía de andar por el mundo, un hombre de considerable importancia. Pude ver sus ojos fijos y los destellos de luz en sus gemelos y en la cadena del reloj. Desapareció detrás del montículo, y por un momento hubo silencio. Y entonces comenzó un chillido y un ulular sostenido y alegre de los marcianos.

Me deslicé por la basura, me puse en pie con dificultad, me tapé las orejas con las manos y salí corriendo hacia el fregadero. El cura, que había estado agachado en silencio con los brazos sobre la cabeza, levantó la vista cuando pasé, gritó fuerte debido a mi abandono y vino corriendo detrás de mí.

Aquella noche, mientras acechábamos en el fregadero, equilibrados entre nuestro horror y la terrible fascinación que ejercía este espionaje, sentía una urgente necesidad de actuar y traté en vano de concebir algún plan de fuga; pero después, durante el segundo día, pude considerar nuestra posición con gran claridad. Descubrí que el cura era totalmente incapaz de discutir; esta nueva y culminante atrocidad le había robado todo vestigio de razón o previsión. Prácticamente se había hundido al nivel de un animal. Pero, como dice el refrán, me agarré con las dos manos. Una vez que pude enfrentarme a los hechos, me di cuenta de que, por muy terrible que fuera nuestra situación, no había justificación alguna para la desesperación absoluta. Nuestra principal oportunidad residía en la posibilidad de que los marcianos no hicieran de la fosa más que un campamento temporal. O incluso si lo mantuvieran permanentemente podrían no considerar necesario vigilarlo y se nos podría ofrecer una oportunidad de escapar. También sopesé con mucho cuidado la posibilidad de que caváramos una salida en dirección contraria a la fosa, pero las posibilidades de que saliéramos a la vista de alguna máquina de combate centinela parecían al principio demasiado grandes. Y habría tenido que hacer yo mismo toda la excavación. El cura me fallaría.

Fue al tercer día, si mi memoria no me falla, cuando vi matar al hombre. Fue la única ocasión en la que realmente vi a los marcianos alimentarse. Después de esa experiencia evité el agujero en la pared durante la mayor parte del día. Entré en el fregadero, quité la puerta y pasé algunas horas cavando con mi hacha lo más silenciosamente posible; pero cuando había hecho un agujero de un par de pies de profundidad la tierra suelta se derrumbó ruidosamente y no me atreví a continuar. Me desanimé y me quedé tumbado en el suelo del fregadero durante mucho tiempo, sin ánimos ni para moverme. Y después abandoné por completo la idea de escapar excavando.

Dice mucho de la impresión que me causaron los marcianos el hecho de que al principio tuviera poca o ninguna esperanza de que nuestra huida se produjera por su derrocamiento mediante cualquier esfuerzo humano. Pero en la cuarta o quinta noche escuché un sonido como de armas pesadas.

Era muy tarde y la luna brillaba con fuerza. Los marcianos se habían llevado la máquina excavadora y, salvo una máquina de combate que estaba en la orilla más alejada de la fosa y una máquina de manipulación que estaba enterrada fuera de mi vista en un rincón de la fosa justo debajo de mi mirilla, el lugar estaba desierto. Salvo por el pálido resplandor de la máquina de manipulación y las barras y manchas de luz blanca de la luna, el pozo estaba en penumbra y, salvo por el tintineo de la máquina de manipulación, bastante quieto. Aquella noche era de una hermosa serenidad; salvo un planeta, la luna parecía tener el cielo para ella sola. Oí el aullido de un perro, y ese sonido familiar fue el que me hizo escuchar. Luego oí con toda claridad un estruendo como de grandes cañones. Conté seis claros disparos y, después de un largo intervalo, seis de nuevo. Y eso fue todo.

IV – LA MUERTE DEL CURA

Fue el sexto día de nuestro encierro cuando me asomé por última vez, y en ese momento me encontré solo. En lugar de mantenerse cerca de mí y tratar de expulsarme de la rendija, el cura había vuelto al fregadero. Me asaltó un pensamiento repentino. Volví rápidamente y en silencio al fregadero. En la oscuridad oí al cura beber. Me acerqué en la oscuridad y mis dedos atraparon una botella de borgoña.

Durante unos minutos hubo un forcejeo. La botella golpeó el suelo y se rompió, y yo desistí y me levanté. Nos quedamos jadeando y amenazándonos mutuamente. Al final me planté entre él y la comida y le comuniqué mi determinación de instalar la disciplina. Dividí la comida de la despensa en raciones para diez días. Ese día no le dejé comer más. Por la tarde hizo un débil esfuerzo para conseguir la comida. Yo había estado dormitando, pero en un instante me desperté. Todo el día y toda la noche estuvimos sentados frente a frente, yo cansado pero resuelto, y él llorando y quejándose de su hambre inmediata. Fue, lo sé, una noche y un día, pero a mí me pareció —todavía me parece— un tiempo interminable.

Y así, nuestra creciente incompatibilidad terminó por fin en un conflicto abierto. Durante dos inmensos días luchamos subiendo el tono y luchando. Hubo momentos en que lo golpeé y pateé con locura, otros en que lo engatusé y persuadí, y una vez traté de sobornarlo con la última botella de borgoña, pues había una bomba de agua de lluvia de la que podía obtener agua. Pero ni la fuerza ni la amabilidad sirvieron de nada. Él no desistía de sus ataques a la comida ni de sus ruidosos balbuceos para sí mismo. No quiso tomar las precauciones rudimentarias para que nuestro encierro fuera soportable. Poco a poco empecé a darme cuenta de que su inteligencia estaba completamente destruida, a percibir que mi único compañero en esta oscuridad cerrada y enfermiza era un hombre demente.

Por ciertos recuerdos vagos me inclino a pensar que mi propia mente divagaba a veces. Yo tenía sueños extraños y horribles cada vez que dormía. Suena paradójico, pero me inclino a pensar que la debilidad y la locura del cura me advertían, me reforzaban y me mantenían cuerdo.

Al octavo día empezó a hablar en voz alta en lugar de susurrar, y nada de lo que yo podía hacer moderaba su discurso.

«¡Es justo, oh Dios!», decía una y otra vez. «Es justo. Que el castigo recaiga sobre mí y los míos. Hemos pecado, nos hemos quedado cortos. Hubo pobreza, dolor; los pobres fueron pisoteados en el polvo, y yo callé. Prediqué una insensatez aceptable —¡Dios mío, qué insensatez!— cuando debería haberme puesto de pie, aunque muriera por ello, y haberles pedido que se arrepientan —¡que se arrepientan! ... ¡Opresores de los pobres y necesitados! ¡El lagar de Dios!».

Entonces volvía de repente al asunto de la comida que yo le retenía, rezando, suplicando, llorando y, por último, amenazando. Empezó a levantar la voz y yo le rogué que no lo hiciera. Se dio cuenta de que me tenía agarrado en eso y me amenazó con gritar y atraer a los marcianos sobre nosotros. Por un momento me asustó; pero cualquier concesión habría acortado nuestras posibilidades de escapar más allá de lo imaginable. Le desafié, aunque no tenía ninguna seguridad de que no fuera a hacerlo. Pero ese día, en todo caso, no lo hizo. Durante la mayor parte de los días octavo y noveno habló con una voz que se elevaba lentamente: amenazas y súplicas mezcladas con un torrente de arrepentimiento medio cuerdo y siempre espumoso por su vacía farsa de servicio a Dios, que me hizo sentir lástima por él. Luego durmió un rato, y comenzó de nuevo con renovadas fuerzas, tan fuerte que tuve que hacerle desistir.

«¡Cállate!», le imploré.

Se levantó de rodillas, pues había estado sentado en la oscuridad cerca del horno de cobre.

«He estado callado demasiado tiempo», dijo, en un tono que debió de llegar al pozo, «y ahora debo dar mi testimonio. ¡Ay de esta ciudad infiel! ¡Ay! ¡Ay! ¡Ay! ¡Ay! ¡Ay! A los habitantes de la tierra que no oyen las voces de la trompeta...».

«¡Cállate!», dije, poniéndome en pie, y con el terror de que los marcianos nos oyeran. «Por el amor de Dios...».

«No», gritó el cura, a voz en cuello, poniéndose en pie y extendiendo los brazos al mismo tiempo. «¡Habla! La palabra del Señor está sobre mí».

En tres zancadas él estaba en la puerta que daba a la cocina.

«¡Debo dar mi testimonio! Me voy. Ya se ha retrasado demasiado».

Extendí la mano y sentí el cuchillo para cortar carne que colgaba de la pared. En un instante fui tras él. Me sentía ferozmente asustado. Antes de que estuviera a mitad de camino en la cocina le había alcanzado. Con un último toque de humanidad giré la cuchilla hacia atrás y le golpeé con la culata. Cayó de cabeza y quedó tendido en el suelo. Tropecé con él y me quedé jadeando. Se quedó quieto.

De repente oí un ruido en el exterior, el correr y el chocar del yeso que se deslizaba, y la abertura triangular de la pared se oscureció. Miré hacia arriba y vi la superficie inferior de una máquina de manipulación que se acercaba lentamente por el agujero. Una de sus extremidades de agarre se enroscó entre los escombros; otra extremidad apareció tanteando el camino sobre las vigas caídas. Me quedé petrificado, mirando. Entonces vi, a través de una especie de placa de cristal cerca del borde del cuerpo, la cara, como podamos llamarlo, y los grandes ojos oscuros de un marciano, mirando, y luego una larga serpiente metálica de tentáculos vino tanteando lentamente a través del agujero.

Me giré con un esfuerzo, tropecé con el cura y me detuve en la puerta del fregadero. El tentáculo estaba ahora a unas dos yardas o más en la habitación, y se retorcía y giraba, con extraños movimientos repentinos, hacia un lado y otro. Durante un rato me quedé fascinado por aquel avance lento e irregular. Luego, con un grito débil y ronco, me obligué a cruzar el fregadero. Temblaba violentamente; apenas podía mantenerme en pie. Abrí la puerta del depósito de carbón y me quedé allí, en la oscuridad, mirando la puerta de la cocina, débilmente iluminada, y escuchando. ¿Me había visto el marciano? ¿Qué estaba haciendo ahora?

Algo se movía de un lado a otro, muy silenciosamente; de vez en cuando golpeaba contra la pared, o reiniciaba sus movimientos acompañado de un débil timbre metálico, como el movimiento de las llaves en un llavero. Entonces un cuerpo pesado —sabía muy bien qué— fue arrastrado por el suelo de la cocina hacia la abertura. Irresistiblemente atraído, me arrastré hasta la puerta y me asomé a la cocina. En el triángulo de brillante luz solar exterior vi al marciano, en su Briareo de máquina manipuladora, escudriñando la cabeza del cura. Pensé de inmediato que inferiría mi presencia por la marca del golpe que yo le había dado.

Me arrastré de nuevo al depósito de carbón, cerré la puerta y empecé a cubrirme como pude y lo más silenciosamente posible en la oscuridad, entre la leña y el carbón que había allí. De vez en cuando me detenía, rígido, para oír si el marciano había vuelto a meter sus tentáculos por la abertura.

Entonces volvió el débil tintineo metálico. Lo rastreé lentamente palpando la cocina. Al cabo de un rato lo oí cerca, en el fregadero, según creí. Pensé que su longitud podría ser insuficiente para alcanzarme. Recé copiosamente. Pasó, rozando débilmente la puerta del sótano. Transcurrió un tiempo de suspenso casi insoportable, y entonces oí que tanteaba el pestillo. ¡Había encontrado la puerta! ¡Los marcianos entendían de puertas!

Se ocupó del pestillo durante un minuto, tal vez, y luego la puerta se abrió.

En la oscuridad pude ver la cosa —como la trompa de un elefante más que otra cosa— agitándose hacia mí y tocando y examinando la pared, las brasas, la madera y el techo. Era como un gusano negro que movía su cabeza ciega de un lado a otro.

Una vez, incluso, tocó el tacón de mi bota. Estuve a punto de gritar; me mordí la mano. El tentáculo permaneció en silencio durante un tiempo. Podría haber creído que se había retirado. Luego, con un brusco chasquido, se aferró a algo —¡pensé que me tenía a mí!— y pareció salir de nuevo del sótano. Por un momento no estuve seguro. Al parecer, había cogido un trozo de carbón para examinarlo.

Aproveché la oportunidad para cambiar ligeramente mi posición, que se había vuelto incómoda, y luego escuché. Susurré oraciones apasionadas pidiendo seguridad.

Entonces oí de nuevo el sonido lento y deliberado que se acercaba a mí. Lentamente se acercó, arañando las paredes y golpeando los muebles.

Mientras yo aún dudaba, golpeó con fuerza la puerta del sótano y la cerró. Oí que entraba en la despensa, y las latas de galletas sonaron y una botella se rompió, y luego se sintió un fuerte golpe contra la puerta del sótano. A continuación un silencio que se convirtió en una infinidad de suspenso.

¿Se había ido?

Por fin decidí que sí.

No volvió a entrar en el fregadero; pero estuve todo el décimo día en la oscuridad, enterrado entre carbones y leña, sin atreverme a salir siquiera para beber lo que tanto ansiaba. El undécimo día había llegado antes de aventurarme lejos de mi seguridad.

V — LA CALMA

Lo primero que hice antes de entrar en la despensa fue cerrar la puerta entre la cocina y el fregadero. Pero la despensa estaba vacía; todos los restos de comida habían desaparecido. Al parecer, el marciano se lo había llevado todo el día anterior. Al descubrirlo, me desesperé por primera vez. El undécimo y el duodécimo día no comí ni bebí nada.

Al principio tenía la boca y la garganta resecas, y mis fuerzas disminuían sensiblemente. Me senté en la oscuridad del fregadero, en un estado de desaliento. Mi mente no paraba de pensar en comida. Creí que me había quedado sordo, pues los ruidos de movimiento que estaba acostumbrado a oír desde la fosa habían cesado por completo. No me sentía con fuerzas para arrastrarme sin hacer ruido hasta la mirilla, o habría ido allí.

Al duodécimo día me dolía tanto la garganta que, arriesgándome a alertar a los marcianos, ataqué la chirriante bomba de agua de lluvia que había junto al fregadero y conseguí un par de vasos llenos de agua de lluvia ennegrecida y contaminada. Esto me refrescó mucho, y me animó el hecho de que ningún tentáculo inquisidor siguiera el ruido de mi bombeo.

Durante estos días, de forma vaga e inconclusa, pensé mucho en el cura y en la forma de su muerte.

El decimotercer día bebí un poco más de agua, y me adormecí y pensé inconexamente en comer y en vagos e imposibles planes de fuga. Siempre que me adormecía soñaba con horribles fantasmas, con la muerte del cura o con suntuosas cenas; pero, dormido o despierto, sentía un agudo dolor que me impulsaba a beber una y otra vez. La luz que entraba en el fregadero ya no era gris, sino roja. A mi desordenada imaginación le parecía el color de la sangre.

El decimocuarto día entré en la cocina, y me sorprendió

ver que las frondas de la hierba roja habían crecido a lo largo del agujero de la pared, convirtiendo la penumbra del lugar en una oscuridad de color carmesí.

El decimoquinto día, a primera hora, oí una curiosa y familiar secuencia de sonidos en la cocina y, al escucharla, la identifiqué como los chillidos y arañazos de un perro. Al entrar en la cocina, vi el hocico de un perro que se asomaba por un hueco entre las frondas rojizas. Esto me sorprendió mucho. Al olerme, ladró brevemente.

Pensé que si podía inducirlo a entrar en el lugar tranquilamente podría, tal vez, matarlo y comerlo; y en cualquier caso, sería aconsejable matarlo, no fuera que sus acciones atrajeran la atención de los marcianos.

Me acerqué sigilosamente, diciendo «¡Perro bueno!» en voz muy baja; pero de repente retiró la cabeza y desapareció.

Escuché, no estaba sordo, pero ciertamente el pozo estaba quieto. Oí un sonido como el batir de las alas de un pájaro y un ronco graznido, pero eso fue todo.

Durante un largo rato estuve cerca de la mirilla, pero sin atreverme a apartar las plantas rojas que la ocultaban. Una o dos veces oí un débil repiqueteo como el de las patas del perro yendo de aquí para allá en la arena, muy por debajo de mí, y hubo más sonidos de pájaros, pero eso fue todo. Al final, animado por el silencio, me asomé.

Salvo en la esquina, donde una multitud de cuervos saltaba y se peleaba por los esqueletos de los muertos que los marcianos habían consumido, no había ningún ser vivo en el pozo.

Miré a mi alrededor, sin poder creer lo que veían mis ojos. Toda la maquinaria había desaparecido. Salvo el gran montículo de polvo azul grisáceo en una esquina, ciertas barras de aluminio en otra, los pájaros negros y los esqueletos de los muertos, el lugar no era más que un pozo circular vacío en la arena.

Lentamente, me abrí paso a través de la hierba roja y me situé sobre el montículo de escombros. Podía ver en cualquier dirección excepto detrás de mí, hacia el norte, y no se veían marcianos ni señales de marcianos. La fosa caía en picado desde mis pies, pero un poco más allá de los escombros ofrecía una pendiente practicable hasta la cima de las ruinas. Había llegado mi oportunidad de escapar. Empecé a temblar.

Dudé durante algún tiempo, y luego, con un impulso desesperado y con un corazón que palpitaba violentamente, trepé a la cima del montículo en el que había estado enterrado tanto tiempo.

Volví a mirar a mi alrededor. Hacia el norte tampoco se veía ningún marciano.

La última vez que había visto esta parte de Sheen a la luz del día era una calle repleta de confortables casas blancas y rojas, intercaladas con abundantes árboles que daban sombra. Ahora me encontraba en un montículo de ladrillos rotos, arcilla y grava, sobre el que se extendía una multitud de plantas rojas en forma de cactus, que llegaban a la altura de las rodillas sin que una sola planta terrestre les disputara el paso. Los árboles cercanos a mí estaban muertos y marrones, pero más allá una red de hilos rojos escalaba los tallos aún vivos.

Todas las casas vecinas habían quedado destrozadas, pero ninguna había sido quemada; sus paredes se mantenían en pie, a veces hasta el segundo piso, con las ventanas rotas y las puertas destrozadas. La hierba roja crecía tumultuosamente en sus habitaciones sin techo. Debajo de mí estaba la gran fosa, con los cuervos luchando por sus desechos. Otras aves saltaban entre las ruinas. A lo lejos vi un gato enjuto que se deslizaba agazapado a lo largo de una pared, pero no había rastros de personas.

El día parecía, en contraste con mi reciente confinamiento, deslumbrantemente brillante, el cielo de un azul resplandeciente. Una suave brisa balanceaba la hierba roja que cubría cada trozo de suelo desocupado. ¡Y, oh, la dulzura del aire!

VI – EL TRABAJO DE QUINCE DÍAS

Durante algún tiempo permanecí tambaleándome en el montículo sin tener en cuenta mi seguridad. Dentro de aquella ruidosa madriguera de la que había salido había pensado con una estrecha intensidad sólo en nuestra seguridad inmediata. No me había dado cuenta de lo que estaba ocurriendo en el mundo, no había previsto esta sorprendente visión de cosas desconocidas. Esperaba ver a Sheen en ruinas, pero encontré a mi alrededor el paisaje, extraño y escabroso, de otro planeta.

En ese momento sentí una emoción que va más allá del campo habitual humano, pero que los pobres brutos que dominamos conocen muy bien. Me sentí como un conejo que regresa a su madriguera y se encuentra de repente con el trabajo de una docena de obreros que están cavando los cimientos de una casa. Sentí el primer indicio de una cosa que en ese momento se hizo muy clara en mi mente, que me oprimió durante muchos días, una sensación de destronamiento, una persuasión de que ya no era un amo, sino un animal entre los animales, bajo el dominio marciano. Con nosotros sería como con ellos, acechar y vigilar, correr y esconderse; el terror y el imperio del hombre habían desaparecido.

Pero tan pronto como me di cuenta de esta extrañeza, se me pasó, y mi motivo dominante se convirtió en el hambre causado por mi largo y lúgubre ayuno. En la dirección opuesta a la fosa vi, más allá de un muro cubierto de rojo, una parcela de jardín al descubierto. Esto me dio una pista y me metí hasta las rodillas, y a veces hasta el cuello, en la hierba roja. La densidad de la maleza me daba una sensación tranquilizadora de ocultamiento. El muro tenía unos seis pies de altura, y cuando intenté escalarlo me di cuenta de que no podía levantar los pies hasta la parte superior. Así que avancé por el costado y llegué a una esquina y a una roca que me permitió llegar a la cima y caer en el jardín que codiciaba. Aquí encontré algunas cebollas jóvenes, un par de bulbos de gladiolo y una cantidad de zanahorias sin madurar, todo lo cual conservé y, trepando por un muro en ruinas, seguí mi camino a través de árboles escarlata y carmesí hacia Kew —era como caminar a través de una avenida de gigantescas gotas de sangre—, poseído por dos ideas: conseguir más comida y escapar tan pronto y tan lejos como mis fuerzas me lo permitieran de esta maldita región extraterrestre del pozo.

Un poco más lejos, en un lugar cubierto de hierba, había un grupo de hongos que también devoré, y luego me encontré con una lámina marrón de agua poco profunda que fluía donde antes había praderas. Estos fragmentos de alimento sólo sirvieron para avivar mi hambre. Al principio me sorprendió esta inundación en un verano caluroso y seco, pero después descubrí que estaba causada por la exuberancia tropical de la hierba roja. En cuanto esta extraordinaria hierba encontró el agua, se volvió gigantesca y de una fecundidad sin precedentes. Sus semillas simplemente se vertieron en las aguas del Wey y del Támesis, y sus frondas acuáticas, que crecían rápidamente, ahogaron ambos ríos.

En Putney, como vi después, el puente estaba casi perdido en una maraña de esta maleza, y en Richmond también, el agua del Támesis se vertía en una corriente amplia y poco profunda a través de los prados de Hampton y Twickenham. A medida que el agua se extendía la maleza la seguía, hasta que las villas en ruinas del valle del Támesis se perdieron durante un tiempo en este pantano rojo, cuyo margen exploré, y gran parte de la desolación que los marcianos habían causado quedó oculta.

Al final, la hierba roja sucumbió casi tan rápidamente como se había extendido. Se cree que una enfermedad de las cortezas, debida a la acción de ciertas bacterias, se apoderó de ella. Ahora bien, por la acción de la selección natural, todas las plantas terrestres han adquirido un poder de resistencia contra las enfermedades bacterianas: nunca sucumben sin una dura lucha, pero la hierba roja se pudrió como algo ya muerto. Las frondas se blanquearon y luego se marchitaron y se volvieron frágiles. Se rompieron al menor contacto, y las aguas que habían estimulado su crecimiento temprano arrastraron sus últimos vestigios al mar.

Mi primer acto al llegar a esta agua fue, por supuesto, saciar mi sed. Bebí una gran cantidad y, movido por un impulso, roí algunas hojas de hierba roja; pero estaban aguadas y tenían un sabor enfermizo y metálico. Encontré que el agua era lo suficientemente poco profunda como para vadearla con seguridad, aunque la hierba roja me estorbaba un poco los pies; pero la crecida se hacía evidentemente más profunda hacia el río, y me volví hacia Mortlake. Conseguí distinguir el camino por medio de las ruinas ocasionales de sus villas y vallas y lámparas, y así, al poco tiempo, salí de esta riada y me dirigí a la colina que sube hacia Roehampton y llegué a Putney Common.

Aquí el paisaje cambiaba de lo extraño y desconocido a los restos de lo familiar: parches de tierra exhibían la devastación de un ciclón, y en unas pocas yardas me encontraba con espacios que no habían sido perturbados, casas con las persianas bajadas y las puertas cerradas, como si hubieran sido dejadas por un día por los propietarios, o como si sus habitantes durmieran dentro. La hierba roja era menos abundante; los altos árboles a lo largo del camino estaban libres de la enredadera roja. Busqué comida entre los árboles, sin encontrar nada, y también entré en un par de casas silenciosas, pero ya habían sido saqueadas. Descansé el resto del día bajo un arbusto, ya que, en mi débil estado, estaba demasiado fatigado como para seguir adelante.

Durante todo este tiempo no vi a ningún ser humano ni señales de los marcianos. Me encontré con un par de perros de aspecto hambriento, pero ambos se alejaron tortuosamente de los avances que les hice. Cerca de Roehampton había visto dos esqueletos humanos —no cuerpos, sino esqueletos, recogidos y limpios— y en el bosque que había junto a mí encontré los huesos aplastados y dispersos de varios gatos y conejos y el cráneo de una oveja. Pero aunque roí partes de ellos, no pude sacar nada de ellos.

Después de la puesta de sol, seguí con dificultad el camino hacia Putney, donde creo que el Rayo de Calor debe haber sido utilizado por alguna razón. Y en el jardín más allá de Roehampton encontré unas patatas verdes, suficiente para calmar mi hambre. Desde este jardín se podía contemplar Putney y el río. El aspecto del lugar en el crepúsculo era singularmente desolador: árboles ennegrecidos, ruinas negras y desoladas, y colina abajo las láminas del río inundado, teñidas de rojo por la maleza. Y sobre todo ello, el silencio. Me llenó de un terror indescriptible pensar en la rapidez con que se había producido ese cambio desolador.

Por un momento creí que la humanidad había sido barrida de la existencia, y que yo estaba allí solo, el último hombre que quedaba vivo. Junto a la cima de Putney Hill me encontré con otro esqueleto, con los brazos dislocados y separados varias yardas del resto del cuerpo. A medida que avanzaba, me convencía cada vez más de que el exterminio de la humanidad, salvo los rezagados como yo, ya se había consumado en esta parte del mundo. Pensé que los marcianos se habían marchado y habían dejado el país desolado, buscando alimento en otra parte. Quizás ahora mismo estaban destruyendo Berlín o París, o puede que se hayan ido hacia el norte.

VII – EL HOMBRE DE PUTNEY HILL

Aquella noche la pasé en la posada que se alza en lo alto de Putney Hill, durmiendo en una cama hecha por primera vez desde mi huida a Leatherhead. No contaré los innecesarios problemas que tuve para entrar en aquella casa —después descubrí que la puerta principal estaba cerrada con pestillo— ni cómo registré todas las habitaciones en busca de comida, hasta que, al borde de la desesperación, en lo que me pareció el dormitorio de un criado, encontré un mendrugo roído por las ratas y dos latas de piña. El lugar ya había sido registrado y vaciado. En el bar encontré después algunas galletas y sándwiches que habían sido pasados por alto. Estos últimos no pude comerlos, estaban demasiado podridos, pero los primeros no sólo me quitaron el hambre, sino que me llenaron los bolsillos. No encendí ninguna lámpara, temiendo que algún marciano viniera a devastar esa parte de Londres en busca de comida durante la noche. Antes de acostarme tuve un intervalo de inquietud, y merodeé de ventana en ventana, asomándome en busca de alguna señal de esos monstruos. Dormí poco. Mientras estaba en la cama me encontré pensando consecutivamente, cosa que no recuerdo haber hecho desde mi última discusión con el cura. Durante todo el tiempo transcurrido, mi estado mental había sido una apresurada sucesión de vagos estados emocionales o una especie de estúpida receptividad. Pero por la noche mi cerebro, reforzado, supongo, por la comida que había ingerido, volvió a aclararse, y pensé.

Tres cosas luchaban por la posesión de mi mente: la matanza del cura, el paradero de los marcianos y el posible destino de mi esposa. El primero no me producía ninguna sensación de horror o remordimiento al recordarlo; lo veía simplemente como una cosa hecha, un recuerdo infinitamente desagradable pero sin la cualidad del remordimiento. Me veía entonces como me veo ahora, impulsado paso a paso hacia ese golpe precipitado, la criatura de una secuencia de accidentes que conducían inevitablemente a eso. No sentí ninguna condena; sin embargo, el recuerdo, estático, no progresivo, me perseguía. En el silencio de la noche, con esa sensación de la cercanía de Dios que a veces entra en la quietud y la oscuridad, tuve mi juicio, mi único juicio, por ese momento de ira y miedo. Repasé cada paso de nuestra conversación desde el momento en que lo encontré agazapado a mi lado, sin prestar atención a mi sed, y señalando el fuego y el humo que surgían de las ruinas de Weybridge. Habíamos sido incapaces de cooperar; el azar no había tenido en cuenta eso. Si lo hubiera previsto, le habría dejado en Halliford. Pero no lo preví; y crimen es prever y sin embargo hacer. Y relato esto como he relatado toda esta historia, tal como fue. No hubo testigos; todas estas cosas podría haberlas ocultado. Pero lo pongo por escrito, y el lector debe formar su juicio como quiera.

Y cuando, por un esfuerzo, hube dejado de lado aquella imagen de un cuerpo postrado, me enfrenté al problema de los marcianos y al destino de mi esposa. Para lo primero no tenía datos; podía imaginar cientos de cosas, y lo mismo, desgraciadamente, para lo segundo. Y de repente aquella noche se convirtió en algo terrible. Me encontré sentado en la cama, mirando la oscuridad. Me encontré rezando para que el Rayo de Calor la hubiera fulminado de repente y sin dolor. Desde la noche de mi regreso de Leatherhead no había rezado. Había pronunciado oraciones, oraciones fetiches, había rezado como los paganos murmuran amuletos cuando están en una situación extrema; pero ahora rezaba de verdad, suplicando con firmeza y cordura, cara a cara con la oscuridad de Dios. ¡Extraña noche! Lo más extraño es que, tan pronto como amaneció, yo, que había hablado con Dios, salí de la casa como una rata que abandona su escondite, una criatura apenas mayor, un animal inferior, una cosa que por cualquier capricho pasajero de nuestros amos podría ser cazada y matada. Quizás también rezaron confiadamente a Dios. Seguramente, si no hemos aprendido nada más, esta guerra nos ha enseñado a tener piedad, piedad por esas almas sin sentido que sufren nuestro dominio.

La mañana era luminosa y buena, y el cielo del este resplandecía de color rosa, y estaba salpicado de pequeñas nubes doradas. En el camino que va desde la cima de Putney Hill hasta Wimbledon había una serie de pobres vestigios del torrente de pánico que debió de verterse hacia Londres la noche del domingo siguiente al comienzo de los combates. Había un pequeño carro de dos ruedas con la inscripción a nombre de Thomas Lobb, Verdulero, New Malden, con una rueda destrozada y un baúl de hojalata abandonado; había un sombrero de paja pisoteado en el barro ahora endurecido, y en la cima de West Hill un montón de cristales manchados de sangre alrededor del abrevadero volcado. Mis movimientos eran lánguidos, mis planes de lo más vagos. Tenía la idea de ir a Leatherhead, aunque sabía que allí tenía las mínimas posibilidades de encontrar a mi esposa. Ciertamente, a menos que la muerte los hubiera alcanzado repentinamente, mis primos y ella habrían huido de allí; pero me parecía que podría encontrar o aprender allí a dónde habían huido los habitantes de Surrey. Sabía que quería encontrar a mi esposa, que mi corazón sufría por ella y por el mundo de los hombres, pero no tenía una idea clara de cómo podría hacerlo. También era muy consciente ahora de mi intensa soledad. Desde la esquina me dirigí, al amparo de una espesura de árboles y arbustos, a Wimbledon Common, que se extendía a lo largo y a lo ancho.

Aquella oscura extensión estaba iluminada a trozos por tojos y retamas amarillas; no se veía ninguna hierba roja, y mientras merodeaba, vacilante, al borde del descampado, el sol se alzaba, inundándolo todo de luz y vitalidad. Me topé con un ajetreado enjambre de ranitas en un lugar pantanoso entre los árboles. Me detuve a mirarlas, extrayendo una lección de su firme decisión de vivir. Y en ese momento, volviéndome de repente, con una extraña sensación de ser observado, vi algo agazapado en medio de un grupo de arbustos. Me quedé mirando. Di un paso hacia ello, y se levantó y se convirtió en un hombre armado con un machete. Me acerqué a él lentamente. Se quedó callado e inmóvil, mirándome.

Al acercarme percibí que iba vestido con ropas tan polvorientas y sucias como las mías; parecía, en efecto, como si lo hubieran arrastrado por una alcantarilla. Más cerca distinguí el limo verde de las zanjas mezclado con el pálido color de la arcilla seca y las manchas brillantes y carbonosas. Su pelo negro le caía sobre los ojos, y su rostro era oscuro, sucio y hundido, de modo que al principio no lo reconocí. Tenía un corte rojo en la parte inferior de la cara.

«¡Detente!», gritó cuando estuve a menos de diez yardas de él, y me detuve. Su voz era ronca. «¿De dónde vienes?», dijo.

Pensé, observándolo.

«Vengo de Mortlake», dije. «Estuve enterrado cerca de la fosa que los marcianos hicieron en torno a su cilindro. Me he abierto camino y he escapado».

«Aquí no hay comida», dijo. «Esta es mi región. Toda esta colina hasta el río, y de vuelta a Clapham, y hasta el borde del campo abierto. Sólo hay comida para uno. ¿Hacia dónde vas?».

Respondí lentamente.

«No lo sé», dije. «Llevo trece o catorce días enterrado en las ruinas de una casa. No sé qué ha pasado».

Me miró dubitativo, luego se sobresaltó, y miró con una expresión cambiada.

«No tengo ningún deseo de detenerme por aquí», dije yo.

«Creo que iré a Leatherhead, pues mi esposa estaba allí».

Me señaló con el dedo.

«Eres tú», dijo; «el hombre de Woking. ¿Y no te mataron en Weybridge?».

Le reconocí en el mismo momento.

«Tú eres el artillero que entró en mi jardín».

«¡Qué buena suerte!», dijo. «¡Somos afortunados! Fantástico». Extendió una mano y la tomé. «Me arrastré por una alcantarilla», dijo. «Pero no mataron a todos. Y después de que se fueron, me alejé hacia Walton a través de los campos. Pero... no hace ni dieciséis días y tu pelo está gris». Miró de repente por encima del hombro. «Sólo un mechón», dijo. «Uno llega a saber que los pájaros hacen sombra en estos días. Esto está un poco expuesto. Arrastrémonos bajo esos arbustos y hablemos».

«¿Has visto algún marciano?», dije. «Desde que salí arrastrándome...».

«Se han ido al otro lado de Londres», dijo. «Supongo que tienen un campamento más grande allí. De noche, por allí, camino a Hampstead, el cielo está vivo con sus luces. Es como una gran ciudad, y en el resplandor puedes verlos moverse. A la luz del día no puedes. Pero más cerca... no los he visto...» (contó con los dedos) «por cinco días. Luego vi a una par de ellos al otro lado de Hammersmith llevando algo grande. Y anteanoche —se detuvo y habló de forma altisonante— «fue sólo una cuestión de luces, pero era algo que estaba en el aire. Creo que han construido una máquina volante y están aprendiendo a volar».

Me detuve, sobre las manos y las rodillas, pues habíamos llegado a los arbustos.

«¡Volar!».

«Sí», dijo, «volar».

Seguí hasta una pequeña enramada y me senté.

«Todo ha terminado para la humanidad», dije. «Si pueden hacerlo, simplemente darán la vuelta al mundo».

Asintió con la cabeza.

«Lo harán. Pero... aliviará un poco las cosas por aquí. Y además...», me miró. «¿No estás convencido de que la humanidad ha sido aniquilada? Yo lo estoy. Estamos vencidos; estamos derrotados».

Me quedé mirando. Por extraño que parezca, no había llegado a este hecho, un hecho perfectamente obvio tan pronto como él habló. Yo todavía mantenía una vaga esperanza; más bien, había mantenido un hábito mental de toda la vida. Él repitió sus palabras: «Estamos derrotados». Llevaban una convicción absoluta.

«Todo ha terminado», dijo. «Han perdido a uno, sólo uno. Han avanzado bien y han paralizado a la mayor potencia del mundo. Han pasado por encima de nosotros. La muerte de aquél en Weybridge fue un accidente. Y estos son sólo pioneros. Han seguido viniendo. Estas estrellas verdes... no he visto ninguna en estos cinco o seis días, pero no me cabe duda de que están cayendo en algún lugar cada noche. No hay nada que hacer. Estamos hundidos. Estamos derrotados».

No le respondí. Me quedé mirando fijamente, tratando en vano de idear algún pensamiento compensatorio.

«Esto no es una guerra», dijo el artillero. «Nunca fue una guerra, como tampoco hay guerra entre el hombre y las hormigas».

De repente recordé la noche en el observatorio.

«Después del décimo disparo no dispararon más; al menos, hasta que llegó el primer cilindro».

«¿Cómo lo sabes?», dijo el artillero. Se lo expliqué. Él pensó. «Algo está mal con el cañón», dijo. «¿Pero qué pasa si es así? Lo volverán a hacer bien. E incluso si hay un retraso, ¿cómo puede eso alterar el resultado final? Son sólo hombres y hormigas. Las hormigas construyen sus ciudades, viven sus vidas, hacen la guerra, organizan revoluciones, hasta que los hombres quieren quitarlas de en medio, y entonces son quitadas de en medio. Eso es lo que somos ahora: sólo hormigas. Sólo que...».

«Sí», dije.

«Somos hormigas comestibles».

Nos sentamos mirándonos el uno al otro.

«¿Y qué harán con nosotros?», dije.

«Eso es lo que he estado pensando», dijo; «eso es lo que he estado pensando. Después de Weybridge me fui al sur, pensando. Vi lo que pasaba. La mayoría de la gente se dedicó a chillar y excitarse. Pero a mí no me gusta tanto chillar. He visto la muerte una o dos veces; no soy un soldado de adorno, y en el mejor y peor de los casos, la muerte... es sólo la muerte. Y es el hombre que sigue pensando el que sale adelante. Vi que todos se alejaban hacia el sur. Dije: «La comida no durará por aquí», y di la vuelta. Fui a por los marcianos como un gorrión va a por el hombre. «Por todas partes» —hizo un gesto con la mano hacia el horizonte— «se están muriendo de hambre a montones, huyendo, pisándose unos a otros...».

Me vio la cara y se detuvo incómodamente.

«Sin duda, muchos de los que tenían dinero se han ido a Francia», dijo. Pareció dudar si disculparse, me miró a los ojos y continuó: «Hay comida por todas partes. Hay conservas en las tiendas, vinos, licores, agua mineral, y las cañerías y desagües están vacíos. Bueno, te decía lo que estaba pensando. "Aquí hay cosas inteligentes", me dije, "y parece que nos quieren para comernos. Primero, nos destrozarán: barcos, máquinas, armas, ciudades, todo el orden y toda organización. Todo eso desaparecerá. Si tuviéramos el tamaño de las hormigas, podríamos salir adelante. Pero no lo tenemos. Todo es demasiado voluminoso para detenerlo. Esa es la primera certeza". ¿Eh?».

Asentí.

«Así es; lo he pensado. Muy bien, entonces... ahora, en este momento, estamos atrapados tal como ellos quieren.

Un marciano no tiene más que recorrer unas pocas millas para encontrar una multitud huyendo. Y vi uno, un día, por Wandsworth, recogiendo casas en pedazos y rastreando entre los restos. Pero no seguirán haciendo eso. Tan pronto como hayan liquidado todas nuestras armas y barcos, y destrozado nuestros ferrocarriles, y hecho todo lo que están haciendo allí, empezarán a capturarnos sistemáticamente, escogiendo a los mejores y almacenándonos en jaulas y lugares así. Eso es lo que empezarán a hacer dentro de poco. ¡Señor! Todavía no han empezado con nosotros. ¿No lo ves?».

«¡No han empezado!», exclamé.

«No han empezado. Todo lo que ha sucedido hasta ahora es porque no hemos tenido el sentido común de mantenernos callados, preocupándolos con armas y esas tonterías. Y por perder la cabeza, y salir corriendo en tropel hacia donde no había más seguridad que donde estábamos. Todavía no quieren molestarnos. Están haciendo sus cosas, construyendo todas los aparatos que no pudieron traer con ellos, preparando las cosas para el resto de su gente. Muy probablemente por eso los cilindros se han detenido un poco, por miedo a golpear a los que están aquí. Y en lugar de que nos apresuremos a ir a ciegas, aullando, o que consigamos dinamita explorando la posibilidad de reventarlos, tenemos que acomodarnos al nuevo estado de cosas. Así es como me lo imagino. No es del todo acorde con lo que un hombre quiere para su especie, pero se trata de lo que los hechos señalan. Y ese es el principio sobre el que actué. Las ciudades, las naciones, la civilización, el progreso... todo se acabó. Este juego se acabó. Estamos derrotados».

«Pero si eso es así, ¿para qué vivir?».

El artillero me miró un momento.

«No habrá más buenos conciertos por un millón de años más o menos; no habrá ninguna Royal Academy of Arts, y no habrá agradables banquetes en los restaurantes. Si lo que buscas es diversión, creo que se acabó el juego. Si tienes modales de salón o no te gusta comer guisantes con un cuchillo o decir malas palabras, será mejor que te deshagas de ellos. Ya no sirven de nada».

«Quieres decir...».

«Quiero decir que los hombres como yo siguen viviendo... por el bien de la raza. Te digo que estoy decidido a vivir. Y si no me equivoco, tú también mostrarás tus agallas dentro de poco. No vamos a ser exterminados. Y tampoco quiero que me atrapen, y me domestiquen, engorden y críen como a un buey de carga. ¡Uf! ¡Esos malditos bichos marrones que se arrastran!».

«No querrás decir que...».

«Así es. Voy a seguir, bajo sus pies. Lo tengo planeado; lo he pensado. Los hombres estamos vencidos. No sabemos lo suficiente. Tenemos que aprender antes de tener una oportunidad. Y tenemos que vivir y mantenernos independientes mientras aprendemos. Eso es lo que hay que hacer».

Me quedé mirando, asombrado, y profundamente conmovido por su resolución.

«¡Dios mío!», grité. «¡Tú sí que eres un hombre!». Y de repente le agarré la mano.

«¡Eh!», dijo, con los ojos brillantes. «Lo he pensado, ¿eh?».

«Continúa», dije.

«Bueno, los que pretenden escapar de su captura deben prepararse. Yo me estoy preparando. Eso sí, no todos estamos hechos para las fieras; y eso es lo que tiene que ser. Por eso te he observado. Tenía mis dudas. Eres delgado. No sabía que eras tú, ves, o cómo habías sido enterrado. Toda esa gente que vivía en esas casas, y todos esos malditos oficinistas que solían vivir por ahí, no serían buenos. No tienen ningún espíritu, ni sueños ni deseos orgullosos, y un hombre que no tiene ni lo uno ni lo otro, ¡Señor! ¿Qué es sino un montón de precauciones? Solían salir corriendo al trabajo; he visto a cientos de ellos, con un poco del desayuno en la mano, corriendo a toda prisa para coger su pequeño tren con abono, por miedo a ser despedidos si no lo hacían; trabajando en negocios que temían tomarse la molestia de entender; regresando a hurtadillas por miedo a no llegar a tiempo para la cena; quedándose en casa después de la cena por miedo a las calles laterales, y acostándose con las esposas con las que se casaron, no porque las quisieran, sino porque tenían un poco de dinero que les daría seguridad en su pequeña y miserable escapada por el mundo. Vidas aseguradas y apenas comprometidas por miedo a los accidentes. Y los domingos, el miedo al más allá. ¡Como si el infierno quisiera conejos! Bueno, los marcianos serán un regalo del cielo para estos. Bonitas y espaciosas jaulas, comida para engordar, crianza cuidadosa, sin preocupaciones. Después de una semana más o menos corriendo por los campos y las tierras con los estómagos vacíos vendrán con alegría a ser atrapados. Estarán muy contentos después de un rato. Se preguntarán qué hacía la gente antes de que hubiera marcianos que los cuidaran. Y a los holgazanes de los bares, y a los vendedores de comida, y a los cantantes, ya me los imagino. Me los imagino», dijo, con una especie de sombría gratificación. «Habrá mucha sentimentalidad y religiosidad entre ellos. Hay cientos de cosas que he visto con mis ojos y que sólo he empezado a ver con claridad estos últimos días. Hay muchos que tomarán las cosas como son: gordas y estúpidas; y muchos estarán preocupados por una especie de sentimiento de que todo está mal, y que deberían hacer algo. Ahora bien, siempre que las cosas son de esa manera, que mucha gente siente que debería estar haciendo algo, los débiles, y los que se debilitan con un montón de pensamientos complicados, hacen una especie de religión del "no hacer nada", muy piadosa y superior, y se someten a la persecución y a la voluntad del Señor. Es muy probable que hayas visto lo mismo. Es la energía de un vendaval dado vuelta. Estas jaulas estarán llenas de salmos e himnos y piedad. Y los de un tipo menos simple trabajarán en un poco de —¿qué exactamente?— erotismo».

Hizo una pausa.

«Es muy probable que estos marcianos hagan mascotas de algunos de ellos; los entrenen para hacer trucos —quién sabe—, se pongan sentimentales con el muchacho hecho mascota que creció y tuvo que ser asesinado. Y a algunos, tal vez, los entrenarán para que nos cacen».

«No», grité, «¡eso es imposible! Ningún ser humano...».

«¿De qué sirve seguir con esas mentiras?», dijo el artillero. «Hay hombres que lo harían alegremente. ¡Qué tontería pretender que no los hay!».

Y yo sucumbí a su convicción.

«Si vienen a por mí», dijo; «¡Señor, si vienen a por mí!» y se sumió en una sombría meditación.

Me senté a contemplar estas cosas. No podía encontrar nada que aportar contra el razonamiento de este hombre. En los días anteriores a la invasión nadie habría puesto en duda mi superioridad intelectual sobre la suya: yo, un escritor reconocido de temas filosóficos, y él, un vulgar soldado; y, sin embargo, él había logrado formular una situación de la que yo apenas me había dado cuenta.

«¿Qué has decidido hacer?», dije en ese momento. «¿Qué planes tienes?».

Dudó.

«Bueno, es así», dijo. «¿Qué tenemos que hacer? Tenemos que inventar un tipo de vida en el que los hombres puedan vivir y reproducirse, y estar lo suficientemente seguros para criar a los niños. Sí, espera un poco y te aclararé lo que creo que hay que hacer. Los mansos seguirán siendo como todas las bestias mansas; en unas pocas generaciones serán grandes, hermosos, sanguíneos y estúpidos. El riesgo es que los que nos mantenemos en lo salvaje nos volvamos salvajes... que degeneremos en una especie de rata grande y salvaje... Ya ves, cómo quiero vivir es bajo tierra. He estado pensando en los desagües. Por supuesto, los que no conocen los desagües piensan cosas horribles; pero bajo este Londres hay millas y millas —cientos de millas— y unos días de lluvia y Londres vacío los dejarán dulces y limpios. Los desagües principales son lo suficientemente grandes y aireados para cualquiera. Luego hay sótanos, bóvedas, almacenes, desde los que se pueden hacer pasillos de cerrojo a los desagües. Y los túneles del ferrocarril y el subterráneo. ¿Eh? ¿Empiezas a ver? Y formamos una banda de hombres con cuerpo y mente limpia. No aceptaremos a cualquier persona. Los débiles serán rechazados».

«¿Tal como querías que yo me fuera?».

«Bueno, he negociado, ¿no es así?».

«No vamos a discutir por eso. Continúa».

«Los que se quedan con nosotros deberán obedecer órdenes. También queremos mujeres capaces y de mente limpia, madres y maestras. Nada de señoras indolentes, nada de ojos en blanco. No podemos tener ninguna débil o tonta. La vida vuelve a ser real, y los inútiles y engorrosos y traviesos tienen que morir. Deben morir. Deberían estar dispuestos a morir. Es una especie de deslealtad, después de todo, vivir y manchar la raza. Y no pueden ser felices. Además, morir no es tan espantoso; es estar muerto de miedo lo que lo hace malo. Y en todos esos lugares nos reuniremos. Nuestro distrito será Londres. Y puede que incluso seamos capaces de vigilar y correr al aire libre cuando los marcianos se mantengan alejados. Jugar al cricket, tal vez. Así es como salvaremos la raza. ¿Eh? ¿Es posible? Pero salvar la raza no es nada en sí mismo. Como digo, eso es sólo ser ratas. La cosa es salvar nuestro conocimiento y hacerlo crecer. Ahí entran hombres como tú. Hay libros, hay modelos. Tenemos que hacer grandes lugares seguros en las profundidades, y conseguir todos los libros que podamos; no novelas ni poesías, sino ideas, libros de ciencia. Ahí es donde entran hombres como tú. Debemos ir al Museo Británico y recoger todos esos libros. Especialmente debemos mantener nuestra ciencia, aprender más. Debemos vigilar a esos marcianos. Algunos de nosotros debemos ir como espías. Cuando todo funcione, tal vez yo lo haga. Que nos atrapen, quiero decir. Y lo mejor es que debemos dejar a los marcianos en paz. No debemos ni siquiera robarles. Si nos metemos en su camino, nos vamos. Debemos mostrarles que no queremos hacer daño. Sí, lo sé. Pero son cosas inteligentes, y no nos perseguirán si tienen todo lo que quieren, y piensan que sólo somos alimañas inofensivas».

El artillero hizo una pausa y puso una mano marrón sobre mi brazo.

«Después de todo, puede que no sea tanto lo que tengamos que aprender antes de que... imagínate esto: cuatro o cinco de sus máquinas de combate arrancando de repente... Rayos de Calor a derecha e izquierda, y ni un marciano en ellas. Ni un marciano en ellas, sino hombres que han aprendido cómo hacerlo. Pueden existir en mi tiempo, incluso, esos hombres. ¡Imagina tener una de esas cosas encantadoras, con su Rayo de Calor amplio y libre! ¡Imagina tenerlo bajo control! ¿Qué importaría si te hicieras pedazos al final de la carrera, después de un golpe como ese? ¡Creo que los marcianos abrirán sus hermosos ojos! ¿No los ves, hombre? ¿No ves que se apresuran, que se apresuran, que soplan y ululan hacia sus otros asuntos mecánicos? Hay algo fuera de lugar en todos los casos. Y ¡pum, pum, trac, pum! Justo cuando están buscando a tientas, llega el Rayo de Calor, y, ¡he aquí!, el hombre ha vuelto a lo suyo».

Durante un tiempo la imaginativa audacia del artillero, y

el tono de seguridad y valor que asumió, dominaron completamente mi mente. Creí sin vacilar tanto en su previsión del destino humano como en la viabilidad de su asombroso plan, y el lector que me considere susceptible y necio debe contrastar su posición, leyendo con constancia todos sus pensamientos sobre su tema, y la mía, agazapado temerosamente entre los arbustos y escuchando, distraído por la aprensión. Hablamos de esta manera durante toda la madrugada y más tarde salimos sigilosamente de los arbustos y, después de escudriñar el cielo en busca de marcianos, nos precipitamos a la casa de Putney Hill donde él había hecho su guarida. Era el sótano de carbón del lugar, y cuando vi la obra en la que había invertido una semana —era una madriguera de apenas diez yardas de largo, con la que pretendía llegar hasta el desagüe principal de Putney Hill— tuve mi primer indicio del abismo existente entre sus sueños y sus poderes. Yo podría haber cavado un agujero así en un día. Pero creí en él lo suficiente como para trabajar con él toda esa mañana hasta pasado el mediodía en su excavación. Teníamos una carretilla de jardín y tirábamos la tierra que quitamos contra la cocina. Nos refrescamos con una lata de sopa de tortuga y un poco de vino de la despensa vecina. Encontré un curioso alivio de la dolorosa extrañeza del mundo en este trabajo constante. Mientras trabajábamos, le di vueltas a su proyecto en mi mente, y enseguida empezaron a surgir objeciones y dudas; pero trabajé allí toda la mañana, tan contento estaba de encontrarme de nuevo con un propósito. Después de una hora de trabajo empecé a especular sobre la distancia que había que recorrer antes de llegar a la cloaca, y las posibilidades que teníamos de no encontrarla. Mi problema inmediato era por qué debíamos cavar este largo túnel cuando era posible entrar en la cloaca de inmediato por uno de los pozos de registro y cavar de allí a la casa. También me parecía que la casa no había sido elegida de forma inconveniente y que requería una longitud innecesaria de túnel. Y justo cuando empezaba a enfrentarme a estos pensamiento, el artillero dejó de cavar y me miró.

«Estamos trabajando bien», dijo. Dejó la pala. «Descansemos un poco», dijo. «Creo que es hora de hacer un reconocimiento desde el techo de la casa».

Yo estaba a favor de seguir adelante, y después de una pequeña vacilación él reanudó el trabajo con su pala; y de repente me asaltó un pensamiento. Me detuve, y él también lo hizo al instante.

«¿Por qué estabas paseando por el campo abierto», le dije, «en lugar de estar aquí?».

«Tomando aire», dijo. «Iba a volver. Es más seguro por la noche».

«¿Pero, y el trabajo?».

«Oh, uno no puede trabajar siempre», dijo, y en un instante vi al hombre tal y como era. Dudó, sosteniendo su pala. «Deberíamos hacer un reconocimiento ahora», dijo, «porque si alguno se acerca puede oír las palas y caer sobre nosotros sin que nos demos cuenta».

Yo ya no estaba dispuesto a oponerme. Fuimos juntos al tejado y nos colocamos en una escalera para asomarnos a la puerta del tejado. No se veía ningún marciano, y nos aventuramos a salir a las tejas y a deslizarnos al amparo del parapeto.

Desde esta posición, los arbustos ocultaban la mayor parte de Putney, pero abajo podíamos ver el río, una masa burbujeante de hierba roja, y las partes bajas de Lambeth inundadas y rojas. La enredadera roja trepaba por los árboles que rodeaban el viejo palacio, y sus ramas se extendían demacradas y muertas, con hojas arrugadas, en medio de sus racimos. Era extraño que ambas cosas dependieran totalmente del agua corriente para su propagación. A nuestro alrededor, ninguna de las dos cosas había ganado terreno; los laburnos, las mayas rosas, las bolas de nieve y los árboles de arbor-vitae se alzaban sobre los laureles y las hortensias, verdes y brillantes a la luz del sol. Más allá de Kensington se elevaba una densa humareda que, junto con una bruma azul, ocultaba las colinas del norte.

El artillero comenzó a hablarme de la clase de gente que aún permanecía en Londres.

«Una noche de la semana pasada», dijo, «algunos tontos arreglaron la luz eléctrica, y estaba toda Regent Street y Oxford Circus encendidos, atestados de mujeres pintadas y borrachos harapientos, hombres y mujeres, bailando y gritando hasta el amanecer. Me lo contó un hombre que estaba allí. Y al llegar el día se dieron cuenta de que una máquina de combate estaba cerca del Langham y los miraba. Dios sabe cuánto tiempo llevaba allí. A algunos de ellos les debe haber dado un disgusto. Bajó por el camino hacia ellos, y cogió a casi un centenar demasiado borrachos o asustados como para huir».

¡Un destello grotesco de una época que ninguna historia podrá describir del todo!

A partir de ahí, en respuesta a mis preguntas, volvió a sus grandiosos planes. Se entusiasmó. Habló tan elocuentemente de la posibilidad de capturar una máquina de combate que volví a creer en él a medias. Pero ahora que empezaba a comprender algo de su carácter, podía adivinar el énfasis que ponía en no hacer nada precipitadamente. Y noté que ahora no había duda de que él personalmente iba a capturar y luchar con la gran máquina.

Al cabo de un rato bajamos al sótano. Ninguno de los dos parecía dispuesto a seguir cavando, y cuando él sugirió una comida, yo no me mostré nada reacio. Se volvió de repente muy generoso, y cuando hubimos comido se fue y volvió con unos excelentes puros. Los encendimos y su optimismo brilló. Se sentía inclinado a considerar mi llegada como una gran ocasión.

«Hay algo de champán en la bodega», dijo.

«Podemos cavar mejor con este borgoña del Támesis», dije yo.

«No», dijo él; «hoy soy el anfitrión. ¡Champán! ¡Por Dios! ¡Tenemos una tarea bastante pesada por delante! Descansemos y juntemos fuerzas mientras podamos. Mira estas manos llenas de ampollas».

Y acorde con estas pequeñas vacaciones, insistió en jugar a las cartas después de haber comido. Me enseñó a jugar al euchre, y después de dividir Londres entre nosotros, yo tomando el lado norte y él el sur, jugamos por puntos cada distrito. Por grotesco y tonto que le parezca esto al lector sobrio, es absolutamente cierto, y lo que es más notable, el juego de cartas y varios otros juegos que jugamos me parecieron sumamente interesantes.

Extraña la mente del hombre que, con nuestra especie al borde del exterminio o de una degradación atroz, sin otra perspectiva clara ante nosotros que la posibilidad de una muerte horrible, podía sentarse siguiendo el azar de este tablero pintado, y jugar con vívido deleite. Después me enseñó a jugar al póquer y le gané tres duras partidas de ajedrez. Cuando oscureció, decidimos arriesgarnos y encendimos una lámpara.

Después de una interminable cadena de juegos, cenamos, y el artillero terminó el champán. Seguimos fumando los puros. Ya no era el enérgico regenerador de su especie que había encontrado por la mañana. Seguía siendo optimista, pero era un optimismo menos kinético, más reflexivo. Recuerdo que terminó con un brindis a mi salud, propuesto en un discurso poco original y con considerables pausas. Tomé un cigarro y subí a mirar las luces de las que había hablado y que resplandecían tan verdemente a lo largo de las colinas de Highgate.

Al principio miré sin comprender el valle de Londres. Las colinas del norte estaban envueltas en la oscuridad;

los fuegos cerca de Kensington brillaban rojos, y de vez en cuando una lengua de fuego rojo anaranjado brillaba y se desvanecía en la profunda noche azul. Todo el resto de Londres era negro. Luego, más cerca, percibí una extraña luz, un pálido resplandor fluorescente de color violeta y púrpura, que temblaba bajo la brisa nocturna. Durante un instante no pude entenderlo, y luego entendí que esta débil irradiación debía proceer de la hierba roja. Al darme cuenta mi sentido de la maravilla, mi sentido de la proporción de las cosas, se despertó de nuevo. Miré a Marte, rojo y claro, brillando en lo alto al oeste, y luego miré largamente y con seriedad la oscuridad de Hampstead y Highgate.

Permanecí mucho tiempo en el tejado, maravillado por los grotescos cambios del día. Recordé mis estados mentales desde la oración de medianoche hasta el insensato juego de cartas. Tuve una violenta revulsión de sentimientos. Recuerdo que tiré el cigarro y su cierto simbolismo de despilfarro. Mi locura se me presentó con una exageración flagrante. Me parecía un traidor a mi mujer y a los de mi clase; estaba lleno de remordimientos. Resolví dejar a este extraño e indisciplinado soñador de grandes cosas con su bebida y su glotonería, y seguir a Londres. Allí, me pareció, yo tenía la mejor oportunidad de enterarme de lo que hacían los marcianos y mis compañeros. Todavía estaba en el tejado cuando salió la luna tardía.

VIII — LONDRES MUERTA

Después de separarme del artillero bajé la colina y crucé el puente hacia Fulham por High Street. La hierba roja había crecido profusamente allí y casi ahogaba la calzada del puente; pero sus frondas estaban ya blanqueadas en parches por la enfermedad que se extendía y que en ese momento la eliminaba tan rápidamente.

En la esquina del camino que lleva a la estación de Putney Bridge encontré a un hombre tumbado. Estaba tan negro como una escoba por el polvo, vivo, pero impotente e indescriptiblemente borracho. No pude obtener de él más que maldiciones y furiosas embestidas contra mi cabeza. Creo que me hubiera quedado a su lado de no ser por la brutal expresión de su rostro.

Había polvo negro a lo largo de la calzada desde el puente y se hacía más espeso en Fulham. Las calles estaban terriblemente silenciosas. Conseguí comida —agria, dura y mohosa, pero bastante comestible— en una panadería de aquí. Hacia Walham Green, las calles se despejaron de polvo y pasé por delante de una terraza blanca de casas en llamas; el ruido del incendio fue un alivio entre tanto silencio. Siguiendo hacia Brompton, las calles volvieron a estar tranquilas.

Aquí me encontré de nuevo con este polvo negra en las calles y con cadáveres. Vi en total una docena a lo largo de Fulham Road. Llevaban muchos días muertos, por lo que me apresuré a pasar junto a ellos. El polvo negro los cubría y suavizaba sus contornos. Uno o dos habían sido molestados por los perros.

Donde no había polvo negro todo se veía, curiosamente, como un domingo en la ciudad, con las tiendas cerradas, las casas cerradas y las persianas bajadas, con la deserción y la quietud. En algunos lugares los saqueadores habían estado trabajando, pero raramente en otros lugares que no fueran las tiendas de provisiones y de vinos. En un lugar habían roto el escaparate de una joyería pero al parecer el ladrón había sido interrumpido y varias cadenas de oro y un reloj yacían esparcidos por la acera. No me molesté en tocarlos. Más adelante había una mujer hecha jirones en el umbral de una puerta; la mano que le colgaba de la rodilla estaba cortada y sangraba por su vestido marrón y una botella de champán rota formaba un charco en la acera. Parecía dormida, pero estaba muerta.

Cuanto más me adentraba en Londres, más profunda era la quietud. Pero no era tanto la quietud de la muerte, sino la quietud del suspenso, de la expectativa. En cualquier momento la destrucción que ya había chamuscado los límites del noroeste de la metrópoli, y que había aniquilado Ealing y Kilburn, podría golpear estas casas y dejarlas en ruinas humeantes. Era una ciudad condenada y abandonada...

En South Kensington las calles estaban limpias de muertos y de polvo negro. Fue cerca de South Kensington donde oí por primera vez los aullidos. Se deslizó casi imperceptiblemente sobre mis sentidos. Era una alternancia sollozante de dos notas: «Ula, ula, ula, ula», que no cesaba. Cuando pasaba por las calles que corrían hacia el norte, aumentaba su volumen, y las casas y los edificios parecían amortiguarlo y cortarlo de nuevo. Llegó en total plenitud por Exhibition Road. Me detuve, mirando hacia Kensington Gardens, maravillado por este extraño y remoto lamento. Era como si aquel poderoso desierto de casas hubiera encontrado una voz para su miedo y su soledad.

«Ula, ula, ula, ula», gritó aquella nota sobrehumana... grandes ondas de sonido que recorrían la amplia calzada iluminada por el sol, entre los altos edificios de cada lado. Me volví hacia el norte, maravillado, hacia las puertas de hierro de Hyde Park. Tenía la intención de entrar en el Museo de Historia Natural y subir a la cima de las torres para ver el parque. Pero decidí mantenerme en el suelo, donde era posible esconderse rápidamente, y así seguí subiendo por Exhibition Road. Todas las grandes mansiones a cada lado de la calle estaban vacías y quietas, y mis pasos resonaban contra los lados de las casas. En la cima, cerca de la puerta del parque, me encontré con un extraño espectáculo: un autobús volcado y el esqueleto limpio de un caballo. Me quedé perplejo durante un rato y luego seguí hasta el puente sobre el Serpentine. La voz era cada vez más fuerte, aunque no podía ver nada por encima de las casas del lado norte del parque, salvo una bruma de humo hacia el noroeste.

«Ula, ula, ula, ula», gritó la voz, procedente, según me pareció, del barrio de Regent's Park. El grito desolador se apoderó de mi mente. El ánimo que me había sostenido pasó. Los lamentos se apoderaron de mí. Me di cuenta de que estaba intensamente cansado, dolorido en los pies, y ahora de nuevo hambriento y sediento.

Ya era pasado el mediodía. ¿Por qué andaba yo solo en esta ciudad de muertos? ¿Por qué estaba solo yo en pie cuando todo Londres era velado en su negra mortaja? Me sentía intolerablemente solo. Mi mente recordaba a viejos amigos que había olvidado durante años. Pensé en los venenos de las farmacias, en los licores que almacenaban los comerciantes de vino; recordé a las dos criaturas empapadas de desesperación, que, por lo que yo sabía, compartían la ciudad conmigo...

Entré en Oxford Street por Marble Arch y aquí también había polvo negro y varios cadáveres, y un olor maligno y ominoso procedente de las rejas de los sótanos de algunas casas. Me dio mucha sed después del calor de mi larga caminata. Tras infinitos problemas conseguí entrar en un bar y conseguir comida y bebida. Después de comer estaba cansado y me dirigí al salón que había detrás de la barra y dormí en un sofá negro de crin que encontré allí.

Me desperté y descubrí que aquel lúgubre aullido seguía en mis oídos: «Ula, ula, ula, ula». Ya había anochecido y después de haber sacado unas galletas y un queso del bar —había un depósito de carne, pero no contenía más que gusanos— seguí caminando por las silenciosas plazas residenciales hasta Baker Street —Portman Square es la única que puedo nombrar— y así llegué por fin a Regent's Park. Y cuando dejé la parte superior de Baker Street, vi a lo lejos, por encima de los árboles, en la claridad del atardecer, la capucha del gigante marciano del que procedían esos aullidos. No me aterroricé. Me acerqué a él como si fuera algo natural. Lo observé durante algún tiempo, pero no se movió. Parecía estar de pie y gritando, sin ninguna razón que yo pudiera descubrir.

Intenté formular un plan de acción. Ese sonido perpetuo de «Ula, ula, ula, ula», confundía mi mente. Tal vez yo estaba demasiado cansado como para tener mucho miedo. Ciertamente, tenía más curiosidad por saber el motivo de aquel llanto monótono que miedo. Me alejé del parque y me metí en Park Road, con la intención de bordear el parque, pasé al abrigo de las terrazas y pude ver a este marciano inmóvil y aullante desde la dirección de St. John's Wood. A unos doscientos yardas de Baker Street oí un coro de aullidos y vi, primero, a un perro con un trozo de carne roja putrefacta en las mandíbulas que venía de frente hacia mí, y luego a una jauría de perros callejeros hambrientos que lo perseguían. Hizo una amplia curva para evitarme, como si temiera que yo pudiera ser un nuevo competidor. Cuando los aullidos se apagaron en la silenciosa carretera, se reafirmó el sonido ululante de «Ula, ula, ula, ula».

Me encontré con la máquina de manipulación destrozada a medio camino de la estación de St. John's Wood. Al principio pensé que una casa se había caído en la carretera. Sólo cuando trepé entre las ruinas vi, con sobresalto, a este Sansón mecánico tendido, con sus tentáculos doblados, destrozados y retorcidos, entre las ruinas que había causado. La parte delantera estaba hecha añicos. Parecía como si se hubiera dirigido ciegamente hacia la casa y se hubiera visto abrumado en su caída. Me pareció entonces que esto podría haber sucedido por una máquina de manipulación sin la guía de su marciano. No pude trepar entre las ruinas para verlo, y el crepúsculo estaba ya tan avanzado que la sangre con la que estaba embadurnado su asiento, y el cartílago roído del marciano que habían dejado los perros, me resultaban invisibles.

Preguntándome aún más por todo lo que había visto seguí adelante hacia Primrose Hill. A lo lejos, a través de un hueco entre los árboles, vi un segundo marciano, tan inmóvil como el primero, de pie en el parque hacia los Jardines Zoológicos, y silencioso. Un poco más allá de las ruinas en torno a la máquina de manipulación destrozada volví a encontrarme con la hierba roja y con el Regent's Canal, una masa esponjosa de vegetación de color rojo oscuro.

Al cruzar el puente, el sonido de «Ula, ula, ula, ula» cesó. Se cortó, por así decirlo. El silencio llegó como si fuera un trueno.

Las casas oscuras que me rodeaban se mantenían débiles, altas y tenues; los árboles hacia el parque se volvían negros. A mi alrededor la hierba roja trepaba entre las ruinas, retorciéndose para llegar por encima de mí en la penumbra. La noche, la madre del miedo y del misterio, se acercaba a mí. Pero mientras sonaba aquella voz, la soledad, la desolación, habían sido soportables; en virtud de ella, Londres había parecido aún vivo, y la sensación de vida a mi alrededor me había sostenido. Luego, de repente, un cambio, el paso de algo —no sabía qué— y luego una quietud que se podía sentir. Nada más que esa tranquilidad enjuta.

El Londres que me rodeaba me miraba espectralmente. Las ventanas de las casas blancas eran como las cuencas de los ojos de los cráneos. A mi alrededor mi imaginación encontró mil enemigos silenciosos moviéndose. El terror se apoderó de mí, un horror a mi temeridad. Delante de mí, el camino se volvió negro como si estuviera alquitranado y vi una forma contorsionada tendida en el camino. No me atreví a seguir adelante por St. John's Wood Road y corrí de lleno desde esta insoportable quietud hacia Kilburn. Me escondí de la noche y del silencio, hasta mucho después de la medianoche, en un refugio de taxistas en Harrow Road. Pero antes de que amaneciera volvió mi coraje, y con las estrellas aún en el cielo me dirigí una vez más hacia Regent's Park. Me perdí entre las calles y en seguida vi por una larga avenida, en la penumbra del temprano amanecer, la curva de Primrose Hill. En la cima, elevándose hacia las estrellas que se desvanecían, había un tercer marciano, erguido e inmóvil como los demás.

Una determinación insana me poseyó. Moriría y acabaría con esto. Y me ahorraría incluso la molestia de matarme. Avancé temerariamente hacia ese Titán y entonces, a medida que me acercaba y la luz crecía, vi que una multitud de pájaros negros daba vueltas y se agrupaba alrededor de la capucha. En ese momento mi corazón dio un salto, y comencé a correr por el camino.

Me apresuré a atravesar la hierba roja que ahogaba St. Edmund's Terrace (vadeé a la altura del pecho un torrente de agua que se precipitaba desde las obras hidráulicas hacia Albert Road), y llegué al césped antes de que saliera el sol. Había grandes montículos alrededor de la cresta de la colina, formando un enorme reducto —era el último y más grande lugar que habían hecho los marcianos— y desde detrás de estos montones se elevaba un fino humo contra el cielo. Contra la línea del cielo un perro ansioso corrió y desapareció. El pensamiento que se había gestado en mi mente se hizo real, creíble. No sentí miedo, sólo una exultación salvaje y temblorosa, mientras corría colina arriba hacia el monstruo inmóvil. De la capucha colgaban unos jirones marrones que los pájaros hambrientos picoteaban y desgarraban.

A continuación yo había subido la muralla de tierra y me encontraba en su cima y el interior del reducto estaba debajo de mí. Era un espacio imponente, con gigantescas máquinas aquí y allá, enormes montículos de material y extraños refugios. Y esparcidos por él, algunos en sus máquinas de guerra volcadas, otros en las ahora rígidas máquinas de manipulación, y una docena de ellos descarnados y silenciosos y colocados en fila, estaban los marcianos —¡muertos!—, asesinados por las bacterias causando una putrefacción y enfermedad contra las que sus sistemas no estaban preparados; asesinados como la hierba roja estaba siendo asesinada; asesinados, después de que todos los dispositivos del hombre hubieran fracasado, por las cosas más humildes que Dios, en su sabiduría, ha puesto en esta tierra.

Porque así ha sucedido, como yo y muchos podríamos haber previsto si el terror y el desastre no hubieran cegado nuestras mentes. Estos gérmenes de la enfermedad han hecho mella en la humanidad desde el principio de las cosas; han hecho mella en nuestros antepasados prehumanos desde que la vida comenzó aquí. Pero en virtud de esta selección natural de nuestra especie hemos desarrollado un poder de resistencia; no sucumbimos a ningún germen sin luchar, y a muchos —los que causan la putrefacción en la materia muerta, por ejemplo— nuestras estructuras vivientes son totalmente inmunes. Pero en Marte no hay bacterias, y en cuanto llegaron estos invasores, en cuanto bebieron y se alimentaron, nuestros microscópicos aliados empezaron a trabajar para derrocarlos. Ya cuando los observé estaban irremediablemente condenados, muriendo y pudriéndose incluso mientras iban de un lado a otro. Era inevitable. Por el precio de mil millones de muertes el hombre ha comprado su derecho de nacimiento sobre la tierra, y es suyo contra todos los que vienen; seguiría siendo suyo si los marcianos fueran diez veces más poderosos que ellos. Porque los hombres viven ni mueren en vano.

Aquí y allá estaban dispersos, casi cincuenta en total, en ese gran abismo que habían hecho, alcanzados por una muerte que debió parecerles tan incomprensible como cualquier muerte puede serlo. También para mí, en aquel momento, esta muerte era incomprensible. Todo lo que sabía era que esas cosas que habían estado vivas y eran tan terribles para los hombres estaban muertas. Por un momento creí que la destrucción de Senaquerib se había repetido, que Dios se había arrepentido, que el Ángel de la Muerte los había matado por la noche.

Me quedé mirando la fosa y mi corazón se iluminó de gloria, incluso cuando el sol naciente golpeó el mundo para incendiarlo a mi alrededor con sus rayos. La fosa seguía a oscuras; las poderosas máquinas, tan grandes y maravillosas en su poder y complejidad, tan sobrenaturales en sus tortuosas formas, se alzaban extrañas y vagas desde las sombras hacia la luz. Pude oír que una multitud de perros se peleaba por los cuerpos que yacían en la profundidad de la fosa, muy por debajo de mí. Al otro lado de la fosa, en su borde más lejano, plano y vasto y extraño, yacía la gran máquina voladora con la que habían estado experimentando en nuestra atmósfera más densa cuando la decadencia y la muerte los detuvo. La muerte había llegado al momento justo. Al oír un graznido en lo alto, miré la enorme máquina de combate que ya no lucharía nunca más, los jirones rojos de carne que caían sobre los asientos volcados de las máquinas en la cima de Primrose Hill.

Me volví y miré hacia la ladera de la colina, donde, realzados ahora por los pájaros, se encontraban aquellos otros dos marcianos que yo había visto durante la noche, justo cuando la muerte los había alcanzado. Uno de ellos había muerto, incluso cuando había estado llorando a sus compañeros; tal vez fue el último en morir, y su voz había continuado perpetuamente hasta que la fuerza de su maquinaria se agotó. Ahora resplandecían, inofensivas torres de tres patas y metal brillante, bajo el brillo del sol naciente.

Alrededor de la fosa y salvada como por un milagro de la destrucción eterna se extendía la gran Madre de Ciudades. Aquéllos que sólo han visto a Londres velada por sus sombríos ropajes de humo apenas pueden imaginar la desnuda claridad y belleza del silencioso desierto de casas.

Hacia el este, sobre las ruinas ennegrecidas de Albert Terrace y la astillada aguja de la iglesia, el sol brillaba deslumbrante en un cielo despejado, y aquí y allá alguna faceta en el gran desierto de tejados captaba la luz y brillaba con una intensidad blanca.

Hacia el norte se encontraban Kilburn y Hampsted, azules y atestados de casas; hacia el oeste la gran ciudad se oscurecía; y hacia el sur, más allá de los marcianos, las verdes olas de Regent's Park, el Hotel Langham, la cúpula del Albert Hall; el Imperial Institute y las gigantescas mansiones de Brompton Road aparecían nítidos y pequeños en el amanecer, y las dentadas ruinas de Westminster se alzaban nebulosamente más allá. Lejos y azules estaban las colinas de Surrey y las torres del Crystal Palace brillaban como dos varas de plata. La cúpula de St. Paul's estaba oscura contra el amanecer, y herida, según vi por primera vez, por una enorme cavidad abierta en su lado oeste.

Y al contemplar esta amplia extensión de casas y fábricas e iglesias, silenciosa y abandonada; al pensar en las multitudinarias esperanzas y esfuerzos, en las innumerables huestes de vidas que habían ido a construir este arrecife humano, y en la rápida y despiadada destrucción que se había cernido sobre todo ello; cuando me di cuenta de que la sombra había retrocedido, y de que los hombres podían seguir viviendo en las calles, y de que esta querida y vasta ciudad mía muerta volvía a estar viva y a ser poderosa, sentí una oleada de emoción cercana a las lágrimas.

El tormento había terminado. Incluso ese día comenzaría la cura. Los sobrevivientes de entre la gente dispersa por el país —sin líder, sin ley, sin comida, como ovejas sin pastor—, los miles que habían huido por mar, comenzarían a regresar; el pulso de la vida, cada vez más fuerte, volvería a latir en las calles vacías y se derramaría por las plazas. Cualquiera que fuera la destrucción, la mano del destructor se detenía. Todos los despojos, los esqueletos ennegrecidos de las casas que miraban con tristeza hacia el césped iluminado por el sol de la colina, pronto resonarían con los martillos de los restauradores y con el golpeteo de sus paletas. Al pensarlo, extendí las manos hacia el cielo y comencé a dar gracias a Dios. Dentro de un año, pensé, dentro de un año...

Con una fuerza abrumadora llegó el pensamiento sobre mí mismo, sombre mi esposa, y sobre la antigua vida de esperanza y tierna ayuda que había cesado para siempre.

IX – DESPERDICIO

Y ahora viene lo más extraño de mi historia. Sin embargo, tal vez no sea del todo extraño. Recuerdo con claridad, frialdad y viveza todo lo que hice aquel día hasta el momento en que me quedé llorando y alabando a Dios en la cima de Primrose Hill. Y luego, ya no recuerdo...

De los tres días siguientes no sé nada. Desde entonces me he enterado de que, lejos de ser yo el primer descubridor del derrocamiento marciano, varios vagabundos lo habían descubierto ya la noche anterior. Uno de ellos —el primero— había ido a St. Martin's-le-Grand y, mientras yo me refugiaba en la cabaña de los taxistas, había conseguido telegrafiar a París. Desde allí, la alegre noticia se había difundido por todo el mundo; mil ciudades, aterradas por espantosos temores, se iluminaron repentinamente de forma frenética; lo sabían en Dublín, Edimburgo, Manchester, Birmingham, en el momento en que yo me encontraba al borde de la fosa. Ya los hombres, llorando de alegría, como he oído, gritando y deteniendo su trabajo para darse la mano y gritar, estaban preparando trenes, incluso en lugares cercanos como Crewe, para venir a Londres. Las campanas de las iglesias, que habían dejado de sonar hace quince días, recibieron de repente la noticia, hasta que toda Inglaterra empezó a tocar las campanas. Los hombres en bicicleta, con el rostro delgado y desaliñado, recorrieron todos los caminos rurales gritando una liberación inesperada, gritando a las figuras demacradas y con la mirada fija en la desesperación. ¡Y la comida! A través del Canal de la Mancha, del Mar de Irlanda, del Atlántico, el maíz, el pan y la carne llegaban para aliviarnos. Todo el transporte marítimo del mundo parecía ir hacia Londres en aquellos días. Pero de todo esto no tengo ningún recuerdo. Me quedé a la deriva, un hombre demente. Me encontré en una casa de gente amable, que me había encontrado al tercer día vagando, llorando y desvariando por las calles de St. John's Wood. Desde entonces, me han dicho que estaba cantando un galimatías demente sobre «¡El último hombre con vida! ¡Hurra! ¡El último hombre con vida!». Atribulados como estaban por sus propios asuntos, estas personas, cuyo nombre, por mucho que me gustaría expresarles mi gratitud, ni siquiera puedo dar aquí, sin embargo, me ampararon, me cobijaron y me protegieron de mí mismo. Al parecer, se habían enterado de algo de mi historia durante los días de mi lapso.

Con mucho cuidado, cuando mi mente se tranquilizó de nuevo, me contaron lo que habían sabido del destino de Leatherhead. Dos días después de mi encarcelamiento había sido destruida, con todas sus almas, por un marciano. La había barrido de la existencia, según parecía, sin ninguna provocación, como un muchacho podría aplastar un hormiguero, en un mero afán de poder.

Yo era un hombre solitario, y ellos fueron muy amables conmigo. Yo era un hombre solitario y triste, y ellos me dieron soporte. Me quedé con ellos cuatro días después de mi recuperación. Durante todo ese tiempo sentí un vago y creciente deseo de volver a ver lo que quedaba de la pequeña vida que parecía tan feliz y brillante en mi pasado. Era un mero deseo irremediable de deleitarme en mi miseria. Me disuadieron. Hicieron todo lo posible para apartarme de este morbo. Pero al final no pude resistir más el impulso, y, prometiendo fielmente volver a ellos, y despidiéndome, como confesaré, de estos amigos de cuatro días con lágrimas, salí de nuevo a las calles que últimamente habían sido tan oscuras y extrañas y vacías.

Ya estaban ocupados con el regreso de la gente; en algunos lugares incluso había tiendas abiertas, y vi funcionando una fuente de agua corriente.

Recuerdo lo burlonamente brillante que parecía el día cuando regresé en mi melancólico peregrinaje a la casita de Woking, lo concurridas que estaban las calles y lo viva que era la vida en movimiento a mi alrededor. Había tanta gente en todas partes, ocupada en mil actividades, que parecía increíble que una gran proporción de la población pudiera haber sido asesinada. Pero entonces me di cuenta de lo amarilla que era la piel de la gente con la que me encontraba, de lo desgreñado que estaba el pelo de los hombres, de lo grandes y brillantes que eran sus ojos, y de que la mitad de la gente seguía llevando sus trapos sucios. Sus rostros parecían tener una de estas dos expresiones: una exaltación y energía saltarinas o una resolución sombría. Salvo por la expresión de los rostros, Londres parecía una ciudad de vagabundos. Las sacristías distribuían indiscriminadamente el pan que nos enviaba el gobierno francés. Las costillas de los escasos caballos se mostraban de forma desoladora. En las esquinas de todas las calles se encontraban agentes especiales con insignias blancas. Apenas si vi las fechorías realizadas por los marcianos hasta que llegué a Wellington Street, y allí vi la hierba roja trepando por los contrafuertes de Waterloo Bridge.

También en la esquina del puente vi uno de los contrastes habituales de ese tiempo tan grotesco: una hoja de papel que ondeaba contra un matorral de hierba roja, atravesada por un palo que la mantenía en su sitio. Era el rótulo del primer periódico que volvió a publicarse: el Daily Mail. Compré un ejemplar por un chelín ennegrecido que encontré en mi bolsillo. La mayor parte estaba en blanco, pero el solitario compositor que lo hizo se había entretenido haciendo un grotesco esquema de anuncios estereoscópicos en la última página. El asunto que imprimió era emocional; la organización de las noticias aún no había encontrado su camino de vuelta. No me enteré de nada nuevo, salvo que ya en una semana el examen de los mecanismos marcianos había dado resultados sorprendentes. Entre otras cosas, el artículo me aseguraba lo que yo no creía en ese momento, que el «secreto para volar» había sido descubierto. En Waterloo encontré los trenes gratuitos que llevaban a la gente a sus casas. Ya había pasado el primer ajetreo. Había poca gente en el tren, y yo no estaba de humor para una conversación casual. Conseguí un compartimento para mí solo, y me senté con los brazos cruzados, mirando con ojos grises la devastación iluminada por el sol que pasaba por las ventanas. A las afueras de la terminal, el tren se sacudía sobre raíles provisionales, y a ambos lados de la vía férrea las casas eran ruinas ennegrecidas. Hasta Clapham Junction, la cara de Londres estaba sucia con el polvo del Humo Negro, a pesar de dos días de tormentas y lluvia, y en Clapham Junction la línea había sido destrozada de nuevo; había cientos de oficinistas y comerciantes desempleados trabajando codo a codo con los marineros habituales, y nos sacudimos a causa de un desvío sorpresivo.

A partir de ahí, el aspecto del territorio era demacrado y desconocido; Wimbledon había sufrido especialmente. Walton, en virtud de sus bosques de pinos sin quemar, parecía el lugar menos dañado de todo el horizonte. El Wandle, el Mole, cada pequeño arroyo, era una masa amontonada de hierba roja, con un aspecto entre carne de carnicero y repollo en escabeche. Los bosques de pinos de Surrey eran demasiado secos, sin embargo, para los festones de la trepadora roja. Más allá de Wimbledon, a la vista de la línea, en ciertos terrenos cultivados, estaban las masas de tierra amontonadas alrededor del sexto cilindro. Varias personas estaban de pie a su alrededor y algunos zapadores estaban ocupados en él. Sobre él ondeaba nuestra bandera, que flameaba alegremente con la brisa de la mañana. El terreno cultivado se veía carmesí por todas partes por la maleza, una amplia extensión de color lívido cortada con sombras púrpuras que molestaba la vista. La mirada se dirigía con infinito alivio desde los grises abrasados y los rojos sombríos del primer plano hasta la suavidad azul verdosa de las colinas del este.

La línea del lado londinense de la estación de Woking estaba todavía en reparación, así que bajé en la estación de Byfleet y tomé la carretera de Maybury, pasando por el lugar donde el artillero y yo habíamos hablado con los húsares, y por el sitio donde el marciano se me había aparecido en la tormenta. Aquí, movido por la curiosidad, me desvié para encontrar, entre una maraña de frondas rojas, el carro deformado y roto, con los huesos blanqueados del caballo esparcidos y roídos. Durante un rato me quedé mirando estos vestigios...

Luego volví a través del bosque de pinos, con la hierba roja hasta el cuello aquí y allá, para encontrar que el propietario del «Perro manchado» ya había encontrado sepultura, y así volví a casa pasando por el College Arms. Un hombre que estaba junto a la puerta abierta de una casa de campo me saludó por mi nombre al pasar.

Miré mi casa con un rápido destello de esperanza que se desvaneció inmediatamente. La puerta había sido forzada; estaba desprendida y se abría lentamente mientras me acercaba.

Volvió a dar un portazo. Las cortinas de mi estudio se agitaron en la ventana abierta desde la que el artillero y yo habíamos contemplado el amanecer. Nadie la había cerrado desde entonces. Los arbustos destrozados estaban tal y como yo los había dejado hacía casi cuatro semanas. Entré a trompicones en el vestíbulo y la casa me pareció vacía. La alfombra de la escalera estaba erizada y descolorida donde me había agachado, empapado hasta la piel por la tormenta en la noche de la catástrofe. Subiendo las escaleras vi que nuestras huellas embarradas continuaban por allí.

Las seguí hasta mi estudio y encontré sobre mi escritorio, todavía con el papel de selenita sobre él, la hoja de trabajo que había dejado la tarde de la apertura del cilindro. Me quedé un rato leyendo mis argumentos abandonados. Era un ensayo sobre el probable desarrollo de las ideas morales con el desarrollo del proceso de la civilización; y la última frase era la apertura de una profecía: «Dentro de unos doscientos años», había escrito, «podemos esperar...». La frase terminaba bruscamente. Recordé mi incapacidad para enfocar mi mente aquella mañana, de la que apenas había transcurrido un mes, y cómo había interrumpido mi trabajo para conseguir mi *Daily Chronicle* del vendedor de periódicos. Recordé cómo bajé a la puerta del jardín mientras él llegaba y cómo había escuchado su extraña historia acerca de los «hombres de Marte».

Bajé y entré en el comedor. Allí estaban el cordero y el pan, ambos muy corrompidos, y una botella de cerveza volcada, tal y como los habíamos dejado el artillero y yo. Mi casa estaba desolada. Me di cuenta de la locura de la débil esperanza que había abrigado durante tanto tiempo. Y entonces ocurrió algo extraño. «Es inútil», dijo una voz, «la casa está desierta. Nadie ha estado aquí por diez días. No te quedes aquí para atormentarte. Nadie ha escapado más que tú».

Me sobresalté. ¿Había dicho mi pensamiento en voz alta? Di un giro y la ventana francesa estaba abierta detrás de mí. Di un paso hacia la ventana y me quedé mirando hacia fuera.

Y allí, asombrados y asustados, igual que yo, estaban mi primo y mi mujer, mi mujer blanca y sin lágrimas. Ella lanzó un débil grito.

«He venido», dijo. «Yo sabía... sabía...».

Se llevó la mano a la garganta y se tambaleó. Di un paso adelante y la cogí en mis brazos.

X – EL EPÍLOGO

No puedo dejar de lamentar, ahora que concluyo mi relato, lo poco que puedo aportar a la discusión sobre las numerosas cuestiones que aún quedan sin resolver. En un aspecto provocaré ciertamente la crítica. Mi ámbito particular es la filosofía especulativa. Mis conocimientos de fisiología comparada se limitan a uno o dos libros, pero me parece que las sugerencias de Carver sobre la razón de la rápida muerte de los marcianos son tan probables que pueden considerarse casi como una conclusión probada. Así lo he asumido en el cuerpo de mi narración.

En todo caso, en todos los cadáveres de los marcianos que se examinaron después de la guerra no se encontró ninguna bacteria, salvo las ya conocidas como especies terrestres. El hecho de que no enterraran a ninguno de sus muertos y la imprudente matanza que perpetraron apuntan también a una total ignorancia del proceso de putrefacción. Pero, por muy probable que parezca, no es en absoluto una conclusión probada.

Tampoco se conoce la composición del Humo Negro, que los marcianos utilizaron con tanto efecto mortal, y el generador de los Rayos de Calor sigue siendo un enigma. Los terribles desastres ocurridos en los laboratorios de Ealing y South Kensington han desanimado a los analistas a realizar más investigaciones sobre este último. El análisis del espectro del polvo negro apunta inequívocamente a la presencia de un elemento desconocido con un grupo brillante de tres líneas en el verde, y es posible que se combine con el argón para formar un compuesto que actúe de inmediato con efecto mortal sobre algún constituyente de la sangre. Pero tales especulaciones no probadas apenas tendrán interés para el lector general, a quien va dirigida esta historia. No se examinó en su momento ninguna de las partículas pardas que bajaron por el Támesis después de la destrucción de Shepperton, y ahora no queda ninguna.

Los resultados de un examen anatómico de los marcianos, en la medida en que los perros merodeadores habían dejado tal examen posible, ya los he dado. Pero todo el mundo conoce el magnífico y casi completo espécimen conservado en alcohol en el Museo de Historia Natural y los innumerables dibujos que se han hecho a partir de él; y más allá de eso el interés de su fisiología y estructura es puramente científico.

Una cuestión más grave y de interés universal es la posibilidad de otro ataque de los marcianos. No creo que se preste suficiente atención a este aspecto del asunto. Actualmente el planeta Marte está en conjunción pero con cada vuelta a la oposición yo, por mi parte, anticipo una renovación de la aventura. En cualquier caso, deberíamos estar preparados. Me parece que debería ser posible definir la posición del cañón desde el que se efectúan los disparos para mantener una vigilancia sostenida sobre esta parte del planeta y anticipar la llegada del próximo ataque.

En ese caso, el cilindro podría ser destruido con dinamita o artillería antes de que se enfriara lo suficiente como para que los marcianos salieran, o podrían ser masacrados por medio de cañones tan pronto como se abriera el mecanismo. Me parece que han perdido una gran ventaja con el fracaso de su primera visita sorpresa. Posiblemente ellos lo vean de la misma manera.

Lessing ha dado excelentes razones para suponer que los marcianos han logrado aterrizar en el planeta Venus. Hace ahora siete meses Venus y Marte estaban alineados con el sol; es decir, Marte estaba en oposición desde el punto de vista de un observador en Venus. Posteriormente apareció una peculiar marca luminosa y sinuosa en la mitad no iluminada del planeta interior y casi simultáneamente se detectó una débil marca oscura de similar carácter sinuoso en una fotografía del disco marciano. Es necesario ver los dibujos de estos fenómenos para apreciar plenamente su notable parecido en el carácter.

En cualquier caso, tanto si esperamos otra invasión como si no, nuestra visión del futuro humano debe modificarse en gran medida por estos acontecimientos. Ahora hemos aprendido que no podemos considerar este planeta como un lugar cercado y seguro para el hombre; nunca podemos anticipar el bien o el mal invisible que puede llegar a nosotros repentinamente desde el espacio. Puede ser que en el gran diseño del universo esta invasión desde Marte no esté exenta de beneficios para los hombres; nos ha robado esa serena confianza en el futuro que es la fuente más segura de decadencia, los regalos que ha aportado a la ciencia humana son enormes, y ha hecho mucho para promover la concepción del bien común de la humanidad. Puede ser que a través de la inmensidad del espacio los marcianos hayan observado el destino de estos pioneros suyos y hayan aprendido la lección, y que en el planeta Venus hayan encontrado un asentamiento más seguro. Sea como fuere, durante muchos años todavía no se relajará el ansioso escrutinio del disco marciano, y esos ardientes dardos del cielo, las estrellas fugaces, traerán consigo al caer una inevitable aprensión para todos los hijos de los hombres.

La ampliación de los puntos de vista de los hombres como resultado no puede ser exagerada. Antes de la caída del cilindro existía la convicción generalizada de que en todas las profundidades del espacio no existía vida alguna más allá de la insignificante superficie de nuestra diminuta esfera. Ahora vemos más allá. Si los marcianos pueden llegar a Venus no hay razón para suponer que la cosa sea imposible para los hombres, y cuando el lento enfriamiento del sol haga inhabitable esta tierra, como finalmente debe ocurrir, puede ser que el hilo de la vida que ha comenzado aquí se habrá derramado y habrá atrapado a nuestro planeta hermano entre sus esfuerzos.

Tenue y maravillosa es la visión que he conjurado en mi mente de la vida extendiéndose lentamente desde este pequeño lecho de semillas del sistema solar a través de la inmensidad inanimada del espacio sideral. Pero eso es un sueño remoto. Puede ser, por otra parte, que la destrucción de los marcianos sea sólo una prórroga. Para beneficio de ellos, y no para el nuestro, quizás, está ordenado el futuro.

Debo confesar que el estrés y el peligro de este tiempo han dejado una sensación permanente de duda e inseguridad en mi mente. Estoy sentado en mi estudio escribiendo a la luz de la lámpara y, de repente, vuelvo a ver abajo el valle envuelto en llamas retorcidas, y siento la casa detrás y alrededor de mí vacía y desolada. Salgo a Byfleet Road y los vehículos pasan junto a mí, un muchacho de la carnicería en un carro, un taxi lleno de visitantes, un obrero en bicicleta, niños que van a la escuela, y de repente se vuelven vagos e irreales, y corro de nuevo con el artillero a través del silencio caliente y melancólico. De noche veo el polvo negro oscureciendo las calles silenciosas y los cuerpos contorsionados envueltos en su capa; se levantan sobre mí hechos jirones y mordidos por los perros. Balbucean y se vuelven más feroces, más pálidos, más feos, locas distorsiones de la humanidad al fin, y me despierto, frío y desdichado, en la oscuridad de la noche.

Voy a Londres y veo las multitudes ocupadas en Fleet Street y en el Strand, y me viene a la mente que no son más que los fantasmas del pasado, rondando las calles que he visto silenciosas y miserables, yendo de un lado a otro, fantasmas en una ciudad muerta, la burla de la vida en un cuerpo galvanizado. Y también es extraño estar en Primrose Hill, como lo hice un día antes de escribir este último capítulo, y ver la gran extensión de casas, tenues y azules a través de la bruma del humo y la niebla, desapareciendo finalmente en el vago cielo, ver a la gente caminando de un lado a otro entre los macizos de flores de la colina, ver a los observadores en torno a la máquina marciana que aún permanece allí, oír el tumulto de los niños jugando, y recordar el momento en que lo vi todo brillante y claro, duro y silencioso, bajo el amanecer de aquel último gran día...

Y lo más extraño de todo es volver a tomar la mano de mi esposa, y pensar que la he contado, y que ella me ha contado, entre los muertos.

ROSETTA EDU

www.ingramcontent.com/pod-product-compliance
Lightning Source LLC
Chambersburg PA
CBHW030618310726
48979CB00003B/778